퇴근길의
마음

이다혜 지음

퇴근길의
마음

나를 잃지 않으면서
꾸준히 일하는 법에 대하여

빅피시
BIG FISH

당신과 나의 매일의 마음

사람의 마음이야말로 일의 가장 어려운 부분이다. 우리는 곧잘 '나의 마음'에 비추어 상대의 수를 읽어내려 하지만 사람 수만큼 많은 마음이 있기 마련이라, 내가 타인의 마음에 고스란히 포착되지 않듯 타인 역시 그렇다. 일이 많은 건 견딘다. 사람을 상대하는 일은 아무리 오래 해도 매번 새롭게 어렵다. 커뮤니케이션 방식이 20년 전 다르고 10년 전 다르고 지금 다르다. 세상도 바뀌지만 나 자신의 위치도 바뀐다.

솔직히 말하면 내 마음이 제일 어렵다. 건강 때문에 고생을 한 뒤 건강이 최우선이다 했는데 몸이 좀 나아진다 싶어지면 바로 모든 게 원상복귀다. 자기 전에 핸드폰을 보지 않는 노력을 하는 데 진이 빠진다. 미라클

모닝은커녕 알람을 다섯 개는 맞춰도 겨우 최악을 면해 일어난다. 웹소설 주인공을 보면 인생의 목표가 선명하고 강한데, 나는 목표 하나를 세우면 수시로 곁눈질하느라 어느 것 하나 달성이 어렵다. 어느 날엔가는 재미있는 사람이 되어 주변 사람들의 호감을 얻고 싶어 하다가, 돈도 좀 벌고 싶어 하고, 건강했으면 좋겠다 싶다가, 마법처럼 커리어가 풀렸으면 하는 바람을 갖고 있다. 살다 보면 마주치는 모든 것들을 조금씩 많이 원하는 것을 두고 목표가 선명하다고 하지 않는다. 재미있다고 느끼는 순간을 지속하기 위해서는 노력이 필요하고, 지루하다고 생각하는 나날을 이어가기 위해서는 그 배의 끈기가 준비되어 있어야 한다. 이런 나를 달래가며 다른 사람과 함께 일해야 한다. 목표를 달성하고 고비를 넘게 하려고 온갖 재주를 부린다.

일의 성패에는 더 많은 것들이 필요하다. 내게 요령이 필요하다고 생각했는데, 결국 진심이 해결하는 일들이 있었다. 진심으로 매달린다 해도 되지 않을 일은 되지 않았다. 일이 지긋지긋하다고 말하면서도 사실은 일이 나를 떠나지 않았으면 하는 바람을 가지고 있다. 이 모든 것이 나 혼자만의 마음이 아니라는 사실을 알아서, 일을 맞대고 마음을 나눌 사람들을 늘 찾고 있다.

나는 아주 오랫동안 혼자 잘 일하는 사람이 되고 싶었다. 그 마음은 지금도 변함없지만, 요 몇 년 새 나는 가능하다면 오랫동안 '함께' 일하기 좋은 사람이고 싶다. 조직에 소속되어 있든 아니든 그 누구도 혼자서만 일하지 않으며, '함께'일 수 있는 신뢰 역시 조직이 거저 주는 것은 아니다. 내가 할 수 있는 일의 한계를 받아들이고 다른 사람들과 머리를 합쳐 만들어낼 수 있는 시너지가 무엇일지를 더 고민하게 됐다.

맺고 끊는 일을 확실하게 해야 한다는 생각도 변화를 겪었다. 일에 엮인 사람이 많을수록 입장도 제각기였고, 성공과 실패는 분석하기 나름이었다. 오늘 성공한 방식이 내일은 실패할 수 있고, 오늘 일을 망친 사람이 내일 큰 건을 성사시키기도 한다. 크게 실망해서 일로 더는 볼 일 없게 되었다고 생각한 사람과 다시 만나게 되거나, 과거의 일이 오해였음을 알게 되기도 했다. 그래서 더 포용력이 높은 사람이 되었는지는 모르겠지만.

하나 확실한 것은 다들 더 제대로 휴식해야 한다는 정도다. 번아웃이라는 말을 40대 중견관리자뿐 아니라 20대 신입사원에게서도 듣는다. 휴식조차 생산성의 영역에서 이야기된다. 하루 일과를 마치면서 마음을 내려놓고 쉴 생각보다 공부든 투자든 여가든 무엇이든 전투적으로 해야 하는 시대에, 자기 자신에게 충실하게 살아갈 수 있는 생활인의 마음, 일하는 사람의 마음은 어때야 할까. 그 생각을 하며 책 한 권을 썼다. 이 글이 나를 도운 것처럼 또한 당신을 돕기를.

우리가 각자의 자리에서 든든한 협업자로, 생활인으로 서로를 존중하기를 바란다. 실력과 신뢰와 존중을 잃지 않는다면, 우리는 더 오랫동안 필드에서 달릴 수 있다. 오늘도 분주히 살아갈 당신의 하루를 응원한다.

이다혜

차례

② 퇴사 전에 일잘러부터

③ 위기 속 빛을 발하는 사람

4 나를 잃기 전에, 지치기 전에

5 커리어의 다음을 준비하는 법

1

'오늘'을
산다

담담한 최선
하고 싶다 vs 해야 한다 vs 한다

한때는 하고 싶다는 생각이 나를 움직이는 원동력이라고 생각했다. 그다음에는 해야 한다는 의무감이야말로 사회가 돌아가는 비밀이라고 믿었다. 지금은 기분이나 이유와 무관하게 하는 일이야말로 삶을 지탱한다고 스스로를 설득한다. 이것이 내가 일과 관련해 받는 숱한 질문에 대한 답이다.

"어떻게 지치지 않고 일하시나요?"
"그냥 합니다. 너무 많이 생각하지 않으려고 노력합니다."

나이를 먹으면서 모든 일은 단순해지는 걸까? 그런지 아닌지를 알기에는 내 나이가 많지도 적지도 않은,

적당하다기보다는 어정쩡하다는 상념에 자주 빠져든다. 그러면 이런 때 생각을 잠시 멈추는 것이다. 적당하다 아니다를 따지다 보면 생각은 너무 쉽게 적당하지 않다 쪽으로 기울어버린다.

좋아하는 일을 하세요. 이 말은 맞기도 하고 틀리기도 하다. 문제는 세상 경험이 쌓이기도 전에 하고 싶은지 하고 싶지 않은지를 고민하느라 너무 많은 시간을 써버린다는 데 있다. 어떤 일이 좋아지는 조건 중 하나는 어느 정도의 능숙함을 갖추는지인데 능숙해질 기회 없이 좋아하는지 아닌지로 일을 결정하려면 피상적인 재능과 미지의 경험을 바탕으로 할 수밖에 없다. 하고 싶다, 하고 싶지 않다를 제대로 정하려면 어느 정도의 경험을 바탕으로 해야 판단이 선명해지는데, 경험하지 않고 정하다 보면 하지 않을 핑계를 만들기 위해 '(지금은) 하고 싶지 않다'는 쪽으로 자꾸 마음이 기울곤 한다. 혹은 '하고 싶다'는 마음마저 무모함의 산물일 수 있다.

'해야 한다'는 말이 그럴듯해 보인 것은 사회생활을 시작한 지 3년쯤 지난 때였던 듯하다. 어떻게 일하면 되는지가 보이기 시작하는 단계이고, 원래 실력보다 자신의 성장을 과대평가하는 시기이기도 하다. 주변에서 이직 권유를 많이 받기 시작하는 때도 3년 차부터다. 하고 싶은 건 중요하지 않아, 해야 하는 일을 할 뿐이야. 갑자기 노회한 장군처럼 이런 생각을 하며, 하고 싶다는 기분은 억누르고 해야 할 일을 척척 해내는 능률주의에 빠져들기도 한다. 원치 않던 일도 꽤 멋지게 해낼 수 있게 된다. 그 시기의 나를 떠올려보면 이렇다. 일하는 나와 회사 밖의 나를 분리하는 일이 어렵지 않았고, 때로는 분리되지 않는다 해도 부대끼지 않았다. 인정받는 일이 즐거웠고, 더 빨리 성장하고 싶었다. 그러니 '해야 한다'라고 일에 딱지를 붙인 다음 이것저것 묻지도 따지지도 않고 해치우는 일은 제법 '일하는 나'의 모습으로 괜찮아 보였다.

그리고 지금이다. 나는 이미 재미있는 일도 해보았고, 해야 하는 일을 억지로 하기도 했다. 신체와 정신의 노화를 슬슬 염두에 두지 않으면 안 되어서, 전처럼 밤샘을 하거나, 꼼짝 않고 앉은 채로 반나절을 보내지는 못하게 되었다. 한번 집중해서 일하려면 준비 시간도 점점 길어진다는 푸념이 친구들로부터 들려온다. 하고 싶다는 기분을 다시 일으켜보려고 노력하기도 하고, 해야 한다는 의무감을 동력으로 삼아보려고 시도하기도 했는데, 결과적으로 지금의 나는 그냥 '한다'는 쪽에 무게를 두려고 애쓴다. 하기로 한 일을 그냥 한다. 기분을 앞세워서도 안 되고, 억지로 나를 강제해서도 안 된다. 나야, 하기로 했으니까 이건 하기로 하자. 그래서 계획 세우기가 중요해진다. 하기로 한 일은 할 요량이면 무리한 계획을 세워서는 안 되고, 자잘한 일을 너무 많이 채워도 안 된다. 날마다 성취감을 느끼면서도 환멸을 느끼지 않을 정도로 다음날 계획을 세우려 노력한다. 때로는 제철 시금치로 파스타를 만들어 먹자는 일이 일과표에 들어간다. 운동 계획도 넣는다. 마감 예정인 원고의 초안을 잡는 일도 적고, 퇴고 일정도 적는다. 이제 나의 일과표는 일에 관련된 것에 국한되지 않는다.

한 단계 올라섰다고 느끼며 한숨 돌리고 나면 앞으로 갈 길이 멀고 여전히 아득하구나 한탄하게 된다. 잠깐 탄식하고는 다시, 오늘 하기로 한 일을 들여다보고 가능한 한 하나라도 더 해놓는다. 내일의 나를 위해서.

내일의 내가 오늘의 나를 욕하지 않도록.

얼마나 얻을지를 계산하기보다 내가 무엇을 내줘야 할지 생각해야 할 때가 있다. 안정감을 위해 (이루었다면 무척 자랑스러웠을) 어떤 성취의 가능성은 멀어졌다. 어떤 면에서는, 내가 원하는 대로 살기 위해서, 부모님이 내게 원했던 방식의 안정은 포기했다. 회사를 다닐까 그만둘까, 혼자 일할까 같이 일할까, 하던 일을 지속할까 새로 도전해볼까. 그 모든 순간에 나는 무언가를 얻는 선택을 하는 동시에 무언가를 포기하는 선택을 했다. 돌이킬 수 없는 그 나날들에 빚져서 오늘의 내가 있다. 과거의 나를 탓하고 싶을 때는, 미래의 나를 위해 더 잘 살자는 쪽으로 생각을 바꾼다. 이것이 사회인으로 살아가는 나의 담담한 최선이다.

잠깐 탄식하고는 다시,
오늘 하기로 한 일을 들여다보고
가능한 한 하나라도 더 해놓는다.
내일의 나를 위해서.
내일의 내가 오늘의 나를
욕하지 않도록.

매일을 단단하게,
작은 고비들을 넘기며

우리는 타인의 삶에 대해 어렴풋한 이해만을 갖고 있다. 불안한 세상 사람 모두를 행복하게 하는 일에 대해 말하기보다, 나 자신을 불안에서 구한 방법에 대해 이야기할까 한다.

내게 불안은 언제나 미래형의 어렴풋한 형태를 하고 있다. 아주 먼 미래와 내가 갖지 않은 모든 것들에 압도당하는 감정에 이름을 붙이면 불안을 닮은 모습을 하고 있었다. 여기에는 시시콜콜한 사정도 있다. 성장 환경이라든가, 내가 처한 일하는 환경이라든가 하는 것들. 어렴풋한 것 치고는 어둡고 무거운 근심이 덩치를 키우는 일이 수시로 있었기 때문에, 전부 포기하는 편이 더 쉽지 않나 하는 생각을 한 적도 잦다. 쉬운 걸 택하는 편에 더 승산이 있으니까. 불행과 불운과 불안에 적응하는 편이 더 낫지 않을까.

결론부터 이야기하면 나는 행복해지기 위해 노력했다기보다, 불행과 행복으로 세상을 바라보는 일을 그만두기로 했다. 다른 사람의 평가가 좋지 않거나 다른 사람이 주는 일이 없어도 계속 살아가야 하니까. 인생은 1을 주면 1을 얻는 게임이 아니라, 10을 퍼붓고도 적자가 나기도 한다. 물론 그 반대도 있다. 들인 노력보다 얻는 수확이 더 크고 많을 때도 있다. 그런 때는 운보다 내 선택과 실력을 추켜세우곤 했다. 하지만 시행착오가 여러 번 반복되면서 행과 불행이 상쇄되었다. 어떤 불행한 사건은 다른 좋은 일로 대체되지 않고, 어떤 좋은 일은 내가 만들었는데도 재현이 불가능하다. 행운과 행복만 따르는 삶을 원해서 주관을 죽여보기도 했고, 밤낮없이 노력도 해봤다. 이런 걸 두고 머리가 안 좋으면 팔다리가 고생한다고 하더라만.

자산 가격의 인플레가 굉장한 시대를 살다 보니 타인과 비교해 얻지 못한 것에 실망하는 일이 가장 쉽다.

이런 때 마음을 편하게 먹으라는 정신 승리식 조언은 좋지 않겠지. 하지만 기준을 어제의 나와 오늘의 나에 두는 건 더 간단하다. 여기에는 어렴풋한 불안의 그림자가 아니라 선명한 삶의 순간들이 있다. 나는 최근, 지금껏 여러 번 실패한 운동 하나를 다시 시작했다. 재능이 없고 노력해도 더디게 성장하는 운동이 내게는 수영이다. 이 새로운 시도를 포기하지 않고 이어가기가 첫 번째 목표였다. 수영 선생님의 설명에 따르면, 힘센 발차기도 빠른 발차기도 아닌 꾸준한 발차기가 가장 좋다고 하더라. 멋진 설명이지만, 물 안에서는 잘 되지 않는다. 나는 수영이 아니라 포기하지 않는 법을 배우는 중인지도 모르겠다.

두 번째는 결과를 속단하지 않고 시도하기이다. 나이를 먹고 경력이 쌓이니 늘 결과가 훤히 보인다는 착각 속에 살게 된다. (예상은 늘 비관으로 향한다.) 관심 가는 일을 찾고 노력하기. 세상에는 아직 내가 좋아하는, 내게 좋은 일들이 더 있다는 믿음 속에 살기. 재미있어 보이는 일이 있는 쪽으로 가까이 가기. 잘될지 안될지 미리 걱정하지 말기. 힘들다고 생각하는 순간이 나중에 즐거웠던 나날로 기억되는 일이 적지 않다. 경험 도중에는 최종적 평가를 할 수 없다. 경험을 대하는 태도가 좋고 나쁨을 바꾸기도 한다.

시야를 먼 곳에서 가까운 곳으로 옮긴다. 오늘 할 일과 오늘 만날 사람들, 오늘 읽을 책과 오늘 볼 영화. 잃어버린 것과 갖지 못할 것을 생각하는 시간을 줄이고 할 수 있는 일부터 하기. 하루아침에 세상이 내게만 좋은 쪽으로 달라지거나, 외부에서 구원이 찾아오리라는 기대 대신에, 내가 만들 수 있는 하루를 성실히 살아내기. 그러다 보면 문득, 만족과 행복이 마음에 가득 찬다. 드라마틱하지는 않지만, 든든한 해결책이다.

좋아하는 마음,
좋아하고자 하는 마음

내가 가장 자주 받는 질문 중에는 일을 위해 영화를 보거나 책을 읽으면 재미가 없지 않느냐는 것이 있다. 아무리 봐도 질리지 않는다. 모든 작품이 다 다르다. 오히려 나는 일로 영화를 보기 전에, 일로 책을 보기 전에 덜 열심이었던 쪽이었다.

그건 영화니까 그렇지, 그건 책이니까 그렇지. 이렇게 생각할 수도 있다. 하지만 내가 실제로 회사에서 하는 일은 매주 하루, 철야를 하는 것이다. 빠르면 밤 12시, 늦으면 이튿날 새벽 3시에 퇴근한다. 가장 늦던 때는 출근 이튿날 밤 8시에 퇴근했다. 이렇게 말해도 여전히, 영화니까 책이니까 좋아할 수 있다고 말할 수 있을까?

신입 시절, 우리 부장은 이미 백발이 성성한 선배였다. 화를 내는 법이 없고 늘 사람 좋게 웃는 분이었는데,

내가 그분에게서 배운 가장 중요한 것은 '태도'가 아니었나 싶다. 그때는 조금 답답하다고도 생각했지만, 그 선배는 진심으로 원고 읽기를 좋아했다. 아무리 밤을 새고 날이 밝았어도, 재미있는 원고를 읽으면 재미있다고 감탄했다. 솔직히 그때는 이해가 잘 안 됐다. 뭐가 그렇게 재미있다는 말인가. 출근하고 24시간이 지나도 집에 못 가는 건 인권 문제 아닌가 말이다. 그렇게 무리해서 일하는 게 좋다는 뜻은 아니다. 나는 무리해서 일하는 게 세상에서 가장 싫다. 하지만 일을 하면서 즐거움을 발견하는 능력은 배울 만한 것이었다.

'내가 좋아하던 건데 일로 하니까 재미없어'라는 생각이야말로 재미없다. 일은 일이고 재미는 재미다. 내가 재미를 잘 발견하던 분야의 일을 하면, 누구보다도 재미를 잘 찾는 사람이 될 수 있지 않을까.

누구나 '재미'있는 일을 하지는 않는다. 단순 반복 작업을 하거나, 아주 복잡한 과정을 집중해서 끝도 없이 해야 하는 일도 있다. 이런 일에서 재미를 발견한다는 것은 말장난에 불과하다. 하지만 일을 선택하는 이유는 단순히 그 일의 성격에만 있지 않다. 어떤 때는 사람, 어떤 때는 장래성, 어떤 때는 월급과 복지에 있다. 때로는 그 모든 게 만족할 만하지 못하기 때문에 다음 스텝을 얼른 밟고자 하는 의지로 일할 때도 있다. 이런 때, '과거보다 나아진 환경에 나를 데려다둔다'는 마음이야말로, 일에서 재미를 발견할 수 있는 방법이 아닐까. 더 능숙하게, 더 순탄하게, 실수를 줄이고 발전해나가기. 서툴고 실수를 연발할 때보다 능력치가 쌓이면 일에서 즐거움을 느끼거나 만족하기 쉬워진다. 나의 경우, 일이 즐거워진 때는 영화를 볼 때가 아니라 격무에도 불구하고 비로소 실수하지 않고 큰 일을 무사히 마무리했을 때였다.

하지만 역시, 세상 모든 일에서 재미를 찾을 수 있는지는 잘 모르겠다. 부디 당신이 어느 하나라도 즐거움을 발견하는 일이 가능한 곳에서 일하길 빈다.

⊕ 트위터발 조언을 전하면, 이도 저도 아닐 때는 운동을 하거나 외국어 공부를 하거나 돈을 모으면 된다. 나는 이 멋진 해결책을 너무 늦게 알았다.

'과거보다 나아진 환경에
나를 데려다둔다'는 마음이야말로,
일에서 재미를 발견하는
방법이 아닐까.

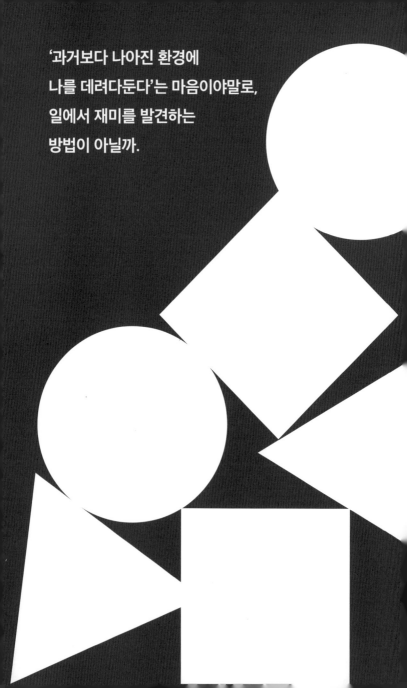

신뢰는 셀프

내가 잘하고 있다는 확신이 필요할 때

내가 잘하고 있다는 확신이 필요하다면, 먼저 작년의 내가 뭘 했는지, 5년 전 이맘때의 내가 어떤 생각을 했는지 찾아보라. 예전에 썼던 다이어리나 캘린더 앱을 찾아서 그때의 당신이 지금과 어떻게 달랐는지 생각하라. 지금 일을 시작하기 전의 당신이 어떤 상황이었는지, 어떤 불안을 가졌는지를 생각하라. 하지만 과거의 나를 비교항으로 삼는 작업은 영원히 유효할 순 없다. 세상에 꺾이지 않는 커리어란 없기 때문이다. (일찍 죽는다면 가능할지도.)

나는 피드백이 중요하다고 믿는 사람이다. 내게 소중한 사람들(중요한 사람들과는 다소 다른 뜻임을 강조해둔다)이 피드백을 요청할 때는 늘 성심성의껏 대한다. 내가 좋아하는 사람이 책을 냈을 때, 새로운 활동을 시작할 때, 회사에서 진급을 하거나 새 일을 맡을 때, 내게 의견을 구한다면 더할 나위 없이 신난다. 하지만 상대가 원치 않는다면, 요청하지 않는다면 굳이 하지 않는다. 피드백과 오지랖은 한 끗 차이이기 때문이다.

당신에게 긍정적인 피드백을 하는 사람이 적다면, 당신은 어떻게 하고 있는지 한번 생각해보라. 당신이 가족보다 많은 시간을 함께 보내는 동료들, 오랜 시간 거래해 온 클라이언트를 비롯해서 성과에 대한 이야기를 주고받을 수 있는 사람들을 생각해보라. 당신의 불안을 털어놓을 사람을 생각해보라. 롤모델이니 레퍼런스니 하는 사람이 내게는 왜 없을까 생각하지 말고, 당신과 비슷한 환경에서 일하는 사람들을 살펴보고 그들의 방식에서 좋은 점을 발견하기 위해 노력하라. 당신은 그들과 성장하게 되어있기 때문이다. 서로 확신을 주고받으며 함께 성장하는 관계가 좋다.

이력서나 경력 기술서를 내가 보는 용도로 자세히 업데이트해보는 작업 역시 권하고 싶다. (실제 이직에 사용하는 경력 기술서는 경력의 주요 내용만을 간결하게 추리게 되지만, 내가 보는 용도로 쓰는 문서라면 조금 더 구구절절해도 괜찮다.) 한 해가 마무리되는 시기에, 앞으로의 계획을 잘 세우는 일만큼이나 중요한 작업은 기억이 희미해지기 전에 '올해의 나'를 갈무리하는 일이다. 어떤 일에 참여했는지, 성과는 어땠는지, 그 이후 함께한 사람들은 지금 무엇을 하고 있고 나는 어떤 변화를 겪었는지를 적어본다. 이런 자세한 이야기를 다 아는 사람은 당신 하나뿐이다. 당신이 자기 자신을 추켜세울 기회를 줘보자.

즐기는 (듯 보이는) 사람

누구에게나 일은 힘들다. 경력이 쌓인다고 쉬워지는 일도 있지만, 중요한 일을 앞에 두고는 오히려 경력자가 더 긴장하기도 한다. 일의 중요도를 누구보다 잘 알기 때문이다. 좋아하는 일을 직업으로 삼은 사람도, 일을 하는 순간에는 감상자로 즐기기보다 엄격하게 일에 임하기 위해 노력한다. 일은 '내가 하고 싶은 대로'가 아니라 '해야 하는 대로 내가' 하는 것이다. 전문가는 타인의 퍼포먼스를 보면서도 구체적인 기술을 살핀다. 좋아한다, 좋아하지 않는다는 생각에 매달려서는 프로페셔널이라고 볼 수 없지 않을까.

프로페셔널은 기분과 컨디션에 휘둘리지 않는다. 방송계에서 특히 이런 사람들을 자주 만난다. 방송할 때만 봐서는 나쁜 일이 있었는지, 몸이 안 좋았는지 알 수가 없다. 이것은 누구나 가져야 할 자세라고 생각하지만, 한국의 직장 문화를 돌아보면 아플 때 아프다고 말하고 일을 쉴 수 있어야 하고 불쾌할 때 불쾌하다고 문제 제기를 할 수 있어야 한다. 자신이 느끼는 정직한 감정을 외면하고 일을 내 생활과 완벽하게 분리해버리면 그 끝에는 번아웃이 오니까.

그런데 신기할 정도로 자기가 하는 일을 즐기는 듯 보이는 사람들이 있다. '즐기는 사람'이 아니라 '즐기는 듯 보이는 사람'이라는 부분을 이야기해보자. 일로 얽힌 사람들과 대화하는 태도, 자신의 일에 집중하는 방식 등이 그를 매력적으로 만든다. 그 사람과 일하면 어쩐지 재미있을 것 같은 느낌이 드는 것이다. 결과가 좋으면 가장 좋겠지만, 결과가 기대에 미치지 못할 때도 무엇을 위해 시작했는지를 중요하게 여기는 사람과는 당연히 다음 기회를 기약하고 싶어진다.

아홉 개 잘한 것에 집중하자
(못한 한 개 말고)

나는 하필 주간지 마감을 직업으로 삼아서, 거의 만 20년 동안 일주일에 하루 철야 마감을 하고 있다. 그나마 최근에는 마감이 일찍 끝나서 퇴근이 이르면 밤 11시고, 늦으면 새벽 1시를 넘기는데, 이쯤 되면 집중력도 형편없어지고 쉽게 짜증을 내게 된다. 퇴근할 때는 대체로 막차가 끊겼고 거리가 가까워 택시가 잡히지 않기 때문에 30분을 걸어서 집까지 가다 보면 눈앞에서 사표가 어른거린다. 이런 마음 없이 늘 단단한 마음으로 일하고 있다고 말하고 싶지만 그건 사실이 아니다. 실은 매주 이렇게 사표를 마음 한쪽에 품고 야근하고 있다. 나 하나만의 문제는 아니겠지.

그렇게 마감이 끝나면 성에 차지 않는 것들부터 눈

에 들어온다. 마감 이튿날 눈을 뜨는 순간부터 후회하는 감정이 몰려온다. 원고를 이렇게 고칠걸, 제목을 이렇게 바꿀걸, 말할 때 짜증 내지 말걸 등 후회가 넘쳐서 아침에 숨이 막혀서 깬다. 몸은 졸린데 정신이 산만해서 그렇다.

인간의 뇌는 성공의 기억보다 실패의 기억에 민감하게 반응한다. 문제는 그 실패의 기억이 한밤중이나 새벽 시간에 찾아오고, 갑자기 미래가 급격히 불투명해지며 의욕을 꺾는다.

이런 불안한 마음을 견디다 못한 어느 날 상담을 받으러 갔다. 내가 "요즘 일이 많아서 일을 마치고 나면 제대로 못한 것 같은 불안을 느껴요"라고 했더니 선생님이 웃으면서 이렇게 말했다.

"그건 자연스러운 반응이네요, 그렇죠? 예정된 일을 다 했나요?"

"네."

"문제 없이 마무리되었나요?"

"네."

문제없이 마무리된 일을 떠올리며 '잘 해냈다'가 아니라 있지도 않은 부족한 점을 상상하는 것이 새벽 3시의 내 머릿속이다. 바빠서 정신없이 일에 쫓겨 다닐 때는 완성된 일을 돌아볼 여유가 없으니 불안만 커진다. 그리고 상담 선생님의 말에 따르면 그것은, "자연스러운 반응"이다. 자연스러우니까 참고 일하라는 뜻이 아니다. 격무 끝에 마음 상태가 들쑥날쑥하기 쉬우니 가능하면 과로를 피하고 제때 쉬라는 말이다.

잘 안된 것 같은 일 한 가지가 마음을 잡고 늘어질 때는, 잘한 일 아홉 개를 생각하자. 안된 일을 개선하기보다 잘된 일을 계속하겠다는 마음이, 우리를 더 잘 살게 한다.

안된 일을 개선하기보다
잘된 일을 계속하겠다는
마음이,
우리를
더 잘 살게 한다.

이번엔 거절,
다음엔 승낙

사람들은 감정과 선입견에 휘둘리기 쉽다. 긍정적 결과가 예상되는 객관적 지표를 보여준다 해도, 미심쩍은 사람과 결과가 불분명한 일을 시도하지 않으려는 경향이 있다. 잘 알려진 사람은 알려진 대로 선입견의 대상이 되고, 잘 알려지지 않은 사람은 알려지지 않은 대로 편견의 대상이 된다. 공들여 일을 추진하고도 한 사람의 반대로 모든 게 무산되기도 한다.

상대가 부정적인 태도를 보인다고 저자세로 나갈 필요는 없다. 당신은 지금 동등한 파트너로 일을 하려는 것이다. 섭외는 성공으로 가는 첫 단계일 뿐이다.

우리에게는 언제나 다음 기회가 있다. 거절을 받아들일 때, 다음 기회를 약속하는 간단한 메일이나 문자를 보내도 좋다. 우리는 언젠가 다시 만나게 되어있다.

내 친구는 몇 번의 설득에도 불구하고 승낙한 일 하나를 최종적으로 거절했다. 상대의 일하는 방식이 잘 맞지 않는다고 판단했기 때문인데, 그 이후 상대가 새로 시작한 프로젝트를 알리는 간결하고 정중한 안내와 함께 안부 인사를 적어 연락해왔다. 거절을 받아들이는 그 태도가 친구를 움직였다. "이번에는 그분께 제가 한 수 배웠네요"라고 친구가 한 말을 잊을 수 없다. 이런 사람과는 다음 기회가 오면 누구라도 일하고 싶을 것이다.

생존자의 법칙

영화 〈허트로커〉는 이라크에서 특수 임무를 수행하는 폭발물 제거반 EOD팀의 이야기다. 영화가 시작하자마자 폭발 사고로 분대장이 사망한 팀에 새로운 분대장 제임스가 온다. 그는 꽤 독선적인 인물로, 지나칠 정도로 예민하게 굴 때가 있다. 어느 날 그는 상관에게서 질문을 받는다.

"지금까지 몇 개인가? 해체한 폭탄 말이야."

정확히는 모르겠다던 제임스는 873개라고 대답한다. 감탄한 상관은 "어떻게 해야 폭발물을 그렇게 해체할 수 있는 건가?"라고 묻는다. 제임스의 대답은 간단하다.

"안 죽으면 됩니다, 대령님."

경력이란 대체로 이런 식이다. 살아남은 사람만이 말할 기회를 얻는다. 그러면 어떻게 하면 살아남을 수 있는가? 안 죽으면 된다. 이것은 영웅적인 동기와는 상관이 없다.

경력이란, 업계에서 살아남은 자가 지난 시간을 돌아보며 그려낸 선이다. 돌아보면 길이 생겨있지만, 걷는 순간에는 길이 아닌 곳을 헤쳐가며 발을 내딛다가 다시 뒤로 돌아가 원점에서 시작하기도 한다. 헤맨 순간들조차 돌아보면 그럴듯한 역사의 일부가 되어있다. 살아남는 데 성공해야 어디든 도달해있는 법이다. 물론 살아남기에만 골몰하면 재미없고 능력없는 고인물이 되기도 하지만. 그래도 시체보다는 살아있는 사람인 편이 낫다.

헤맨 순간들조차
돌아보면 그럴듯한
역사의 일부가 되어있다.
살아남는 데 성공해야
어디든 도달해있는 법이다.

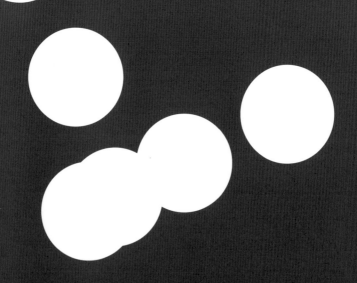

나 사용 매뉴얼

저는 굉장히 불안도가 높은 사람이에요. 일을 꾸준히 하고 여러 일을 여러 사람하고 하니까 불안을 잘 다스린다고 생각하시는 분들이 많은데, 실제로는 울면서 하는 거예요. 일을 시작할 때도, 일을 마칠 때도, 일이 공개될 때도, 반응을 기다릴 때도 늘 불안한 편입니다. 그래서 친구들이 늘 제게 "생각 그만해"라고 해요. 가만히 두면 지금 하는 일에서 뭐가 잘못될지를 계속 생각하고 있단 말이에요. 걱정으로만 끝나면 문제가 없을 텐데, 늘 일은 잘되다 잘못되다가를 반복해요. 그러니 걱정이 끊이지 않는 거죠. 저는 문제가 생겼을 때 준비가 되어있지 않을까 봐 걱정하는데, 준비를 백방으로 해도 준비한 딱 그대로의 문제가 찾아오는 일은 없어요. 그러면 문제가 생기기 전에 상상하느라 걱정하고, 일을 하는 동안엔 긴장하느라 걱정하고, 문제가 생긴 다음에는 얼마나 심각해질지를 또 걱정하는 식이에요. 이러고 싶지는 않지만, 일을 계속 할수록 자신감이 붙음과 동시에 걱정도 늘었어요.

저는 여행을 정말 좋아해요. 멀리 가지 않아도, 광화문 교보문고라도 한번 다녀와야 해요. 혼자서 집 밖에서 시간을 보내는 일이 제게는 무척 중요해요. 그런데 여행을 가기 어려운 상황이 되었죠. 여행이 어려울 때는 일과 관계없는 영화나 책을 봐요. 쓸모를 따지지 않고 그냥 나를 위해 하는 일을 해나가요. 혼자서, 아무하고도 말을 하지 않고 시간을 잘 보내면 하고 싶은 일이 생기기 시작해요. 쓰고 싶은 글이 떠올라요. 저는 이게 '잘 쉬었다'의 기준이에요. 쉬려고 노력하고 아이디어를 떠올리지 않으려고 노력하는 식이 아니라 그냥 그런 생각을 다 내려놓고 시간을 보내요. 몸이 약간 고단한 활동을 곁들이면 더 좋죠. 그래서 여행이 잘 맞았던 거예요. 소설가 정유정 작가님도 장편소설을 탈고하면 산티아고 순례길이나 제주 올레길을 걸으신다고 해요. 머릿속에 든 것을 털어내는 극한의 방법론으로 몸을 혹사하는 것만 한 게 없나 봐요. 여행에 돈을 썼으니 열심히 벌어야지 하는 생각도 하게 되고요.

그런데 걱정 많은 성격에 일을 많이 하다 보니까, 게다가 번아웃도 심하게 겪고 나니까, 저를 잘 써야겠다는 생각을 하게 됐어요. 그래서 나 자신을 잘 쓰는 매뉴얼을 하나씩 만들게 됐어요.

가장 중요한 건 수면이에요. 저는 자는 시간을 가능하면 일정하게 맞추려고 노력해요. 늘 성공하지는 못하죠. 주간 마감을 하다 보면 일주일에 한 번은 수면 리듬이 흐트러지고, 그러면 이틀 정도는 고생해요. 그러니까 더 신경을 써야 해요. 일이 많을수록 더 얕게 자고, 자주 깨고, 새벽에 눈을 뜬 다음 다시 잠들지 못해요. 그래서 휴일에는 알람을 맞추지 않고 자연스럽게 깰 때까지 자곤 해요. 그러면 7시간쯤 잔 뒤에 깨거나, 오전 7시 정도에는 눈이 떠져요. 그러면 이상적인 취침시간은 밤 12시에서 12시 반 사이구나 확인할 수 있게 되죠. 알람을 맞추지 않고 잘 자고 일어나서 몸이 개운할 때 시간을 기준으로 삼는 거예요.

그렇게 신경을 써서 확인해보지 않으면, 대체로는 다 기준이 없이 살고 있어요. 일이 끝나면 자고, 보고 싶은 영상을 다 보고 자고, 알람을 맞춘 시간에 일어나요. 알람도 한 번에 일어나지를 못해서, '꼭 일어나야 하는 시각' 1시간 전에 첫 알람이 울리게 한 뒤 10분 단위로 몇 번을 더 울리게 설정해요. 아침에는 알람을 꺼가면서 선잠을 자요.

'나 사용 매뉴얼'에는 제가 스트레스를 받을 때 하는 행동도 포함되어 있어요. 제 신용카드 사용 내역을 보면 마감하는 목요일에 압도적으로 결제 건수가 많아요. 목요일에는 뭐가 필요한지, 어디에서 사면 싼지를 깊게 생각하는 대신 필요한 물건이 있으면 빨리빨리 사는 거예요. 그게 일종의 스트레스 해소법이 된 거죠. 여러분도 생각해보세요. 나는 혹시 그런 습관이 없나. 내가 스트레스를 받을 때 뭔가를 하고 있지 않나 생각을 해보는 거예요. 마음먹고 체크해보지 않으면 자연스럽게 알게 되기 어렵거든요. 제가 아는 사람 중에는 스트레스가 심할 때 틴더를 하는 경우도 있어요. 운동에 매달리는 사람도 있습니다. 저는 여행에 한동안 매달려 살았어요. 잠을 계속 자는 분도 계시죠?

바빠서 정신이 없을 때, 어느 순간 돌아보면 집안이 어질러져 있고, 뜯지도 않은 택배상자가 쌓여있지는 않나요? 그러면 잠시 일을 멈추고 집 안 정리를 하면서 '내가 요즘 긴장도가 높았구나' 하고 의식적으로 휴식을 취하기 위해 노력합니다.

피곤해질 때 짜증이 많아지기도 해요. 저도 그런 사람 중 하나예요. 그러지 말아야지 생각해도, 너무 일이 늦게 끝나면 어떻게 조절하기 어려운 순간이 와요. 그런 때 '내가 짜증을 내려고 하는구나' '무척 피곤한가보다' 하고 한 발짝 떨어져서 저를 보는 거예요. '나 사용 매뉴얼'을 갖는다는 말은 그런 뜻입니다. 피곤으로 인해 짜증이 솟구친다면 물 한 잔 마시고 잠깐 나가서 건물 한 바퀴만 돌고 오자 할 수도 있고, 차를 한 잔 마시거나 음악을 들을 수도 있어요.

그런데 여러 방식을 다 해봐야 나에게 뭐가 잘 맞는 해소 방법인지 알게 됩니다.

더 어려운 건 뭐냐 하면 여러분들한테 20대 때 맞았던 방식이 30대 때 안 맞을 수 있고, 30대 때 맞는 방식이 40대 때 되면 안 맞을 수도 있다는 거예요. 나이를 먹고 처한 상황이 달라지고 몸 컨디션이 달라지면 '나 사용 매뉴얼'을 다시 점검해야 해요. 제가 여행을 좋아했다고 했잖아요. 코로나로 2년 정도 여행을 쉬면서 요즘 하는 생각은 제가 예전처럼 여행할 시간을 쪼개기 위해 일을 몰아 했던 방식은 이제 쓸 수 없겠구나 하는 거예요. 제가 여행을 했던 방식은 주말 여행이었어요. 여행을 주말에 가야 되니까 주중에 일을 다 끝냈어요. 무리가 되더라도. 그런 뒤 여행을 가서 완전히 쉬고 돌아왔어요. 그런데 이제는 주중에 일을 몰아서 하는 일 자체가 어려워졌어요. 너무 금방 지치거든요.

과거에는 제게 맞았지만 지금은 할 수 없는 방식들이 생겨요. 지금의 저는, 피곤해서 몸에 탈이 나기 시작하면 운동에 더 시간을 투자해요. 지금은 일주일에 적어도 2일, 보통은 3일을 운동해요. 운동에만 집중하는 시간을 확보하고 나서 다른 계획을 짜요. 그러면 최악은 피할 수 있어요. 경력이 쌓이면서 혹은 여러분의 몸이 달라지면서 혹은 여러분들이 결혼을 하거나 아이를 낳거나 주변 사람들과의 관계가 달라지면서 옛날에는 유효했지만 지금은 유효하지 않은 많은 것들이 생기기 시작합니다. 그러면 다시 찾아야 되는 거예요. 전에는 친구 만나서 카페 가서 수다를 길게 떨고 나면 긴장이 풀렸는데, 지금은 그렇게 시간을 보내고 나면 주말에 못 쉰 느낌만 남아서 어려워요. 이제는 다른 방식을 써서 긴장을 낮춰야 한다는 뜻이에요. 연차가 쌓인다는 뜻은 나이를 먹는다는 뜻이기도 해요. 동시에 그만큼 책임이 큰 일들을 한다는 뜻이고요. 감당해야 하는 스트레스의 크기가 달라진다는 점을 생각하면서 '나 사용 매뉴얼'을 계속 갱신해가세요.

최저를 지키기 위한
루틴 만들기

내가 일하는 능률이 가장 좋을 때는 적절히 휴식을 취했을 때다. 잘 쉬고 나면 애써 노력하지 않아도 생각을 발전시킬 수 있고, 짧은 시간에 몰입할 수 있다. 하지만 루틴을 만들고 지키려고 노력하면서 내가 신경 쓰는 부분은 '최고'를 유지하기만큼이나 '최저'를 설정해 그 아래로 떨어지지 않게 하기다. 일하는 '과정'에 충실할 수 있는 내가 아는 최고의 방법은 바로 이런 '평상시의 나'를 다루기.

최저선보다 아래로 떨어지지 않게 한다는 원칙을 세운 경위는 동서양의 고전음악 연주자들의 연습을 보면서였다. 더 정확하게는 '매일' 일정하게 일하려고 노력하는 모든 사람들을 보면서. 나는 코로나19 기간 동안 일과 관련한 심층 인터뷰를 진행할 일이 여러 차례 있었다. 여러 분야에서 일하는 다양한 경력의 여성들을 '일'과 '진로'의 테마로 인터뷰한 단행본 《내일을 위한 내 일》이 그랬고, 영상자료원과 함께 유튜브로 진행했던 영화계 모든 분야 스탭 인터뷰가 그랬고(《우리가 영화를 만듭니다》라는 책으로 출간되었다).

'일'에 초점을 맞춰 이야기를 듣다 보니, 그들의 '보이지 않는 노력'에 눈길이 갔다. 그것은 매일 반복하는 연습, 훈련, 공부였다. 매일 잠을 자듯이, 매일 밥을 먹듯이, 연습하거나 훈련하거나 공부를 한다. 몸풀기와 전력 질주 사이에서, 그날그날의 할당량을 채운다. 일반인이 볼 때는 전력 질주 수준이고, 그들이 판단하는 전력 질주 기준으로는 몸풀기 정도의 일을 하며 일정 시간을 보낸다. 이들의 신조는 '하루라도 쉬면 (다음날의) 내가 (저하된 역량을) 안다'는 것인데, 물론 문자 그대로 하루도 빼먹지 않는다는 말은 아니지만 '할 수 있는데 기분이나 컨디션을 이유로 하지 않는 일은 없다'는 뜻이다. 궁금해할 사람을 위해 첨언하면, '할 수 없는' 상황은 '하기 싫은 날'이 아니라 병원 입원, 장거리 이동, 결혼과 장례 등의 외부적인 상황을 말한다.

사실 나는 그런 매일의 연습, 훈련, 공부 이야기를 들으며 가벼운 부러움을 느꼈다. 말하자면 나 역시 독서를 빼놓는 날은 단 하루도 없다고 할 수 있는 수준이기 때문에 공부를 매일 한다고 주장해볼 여지는 있겠으나, 느슨한 독서와 공부를 위한 독서가 같을 수는 없다. 일상에서 벗어나 무언가에 몰입해 시간을 보내는 일이 필요한데, 연주자나 운동선수가 '매일의 연습'에 대해 갖는 경건하기까지 한 헌신을 쉽게 흉내 내기는 어려웠기 때문이다.

그럼에도 '빼먹지 않는 집중의 한 시간'을 만들기 위해 노력한다. 공부를 하든 독서를 하든, 뭐든 사전에 계획한 대로 집중하며 시간을 보내고자 한다. 일정량의 글을 읽거나 쓰고, 일정 시간 동안 몸을 움직이고. '안 되면 말고'라는 생각을 그만두고, '어떻게든 채워보자'라며 행동하기. 일과 무관하게 몰입하는 한 시간을 만들기 위해 가장 중요한 것이 '잘 휴식한 몸'이기 때문에 결과적으로는 제때 자고 제때 일어나게 되었다. 이렇게 최저선을 서서히 높이다 보면 최고의 퍼포먼스를 갱신하는 일도 불가능하진 않겠다는 믿음을 갖게 됐다.

습관의 역습

경력자들이 스스로를 고인물이라고 느끼기 시작할 때, 잘됐던 방법부터 버리라는 말이 있다. 좋은 습관도 습관이라서, 반복하는 일은 쉽게 하도록 돕지만 창의력이나 폭발력이 필요한 난관을 뚫고 나가게는 하지 못한다는 말이다. 현 상황을 바꾸기 위해 습관을 만들어 문제를 탈출하는 시도는, 습관이 고착화되면서 다른 방식의 문제로 자리를 잡는다. 예를 들어, (보스의 결정 대신) 열린 마음으로 토론을 해 팀 내부의 문제를 해결하는 방식을 택한 사람들은 말이 끝도 없이 빙빙 도는 느낌을 받으면서도 멈추지 못할 때가 있다. 아무도 책임지지 않는 안전한 해결책이 나올 때까지, 혹은 "그러면 일단 이대로 두고 지켜볼까요" 같은 이도저도 아닌 말을 누군가 꺼낼 때까지 대화를 즐기는 것이다. 문제를 해결하려고 모여서 대화를 즐기고 답은 찾지 못한다니? 이런 일이 설마 있겠냐고 묻고 싶겠지만 뜻밖에 자주 있는 일이다.

때로는 좋은 습관 때문에 길이 너무 잘 들어서 다른 방향으로는 작동하지 않게 되어버린다.

소설 《거울 나라의 앨리스》에는 앨리스가 정원을 더 잘 보기 위해 언덕에 오르려고 하는 에피소드가 있다. 길을 찾았다고 생각하고 헤매다가 '돌아오는' 길임을 알고는 또 다른 길을 선택해 가본다. 그런데 어떤 길로 가든 집으로 되돌아온다. 앨리스는 거울을 지나 예전 집으로 되돌아가야 한다고 생각하면서도 모험이 끝나는 일이 아쉬워 언덕으로 향하는 길을 찾아 나서고 돌아오기를 반복한다. 계속 같은 지점으로 돌아오던 앨리스는 장미꽃의 조언을 듣게 된다. "반대 방향으로 가는 게 나을 거야." 앨리스는 물론 그 말을 무시했다가 다시 실패하고서야 반대 방향으로 가서 드디어 제대로 된 길을 발견한다. 즉, 길이라고 해서 모두 목적지에 도달할 수 있는 것은 아니다.

그 직후 앨리스는 여왕을 만나게 된다. 여왕은 언덕

꼭대기에서 앨리스에게 체스 판과 같은 모양을 한 땅을 보여준다. 앨리스가 흥분하며 체스 말이 되어 게임을 해보고 싶다고 하자, 여왕은 체스 판에서 여왕이 될 수 있는 방법을 알려주더니 갑자기 앨리스의 손을 잡고 전속력으로 달린다. 숨을 쉬지 못할 정도로 빨리 달렸는데도 멈추고 보니 달리기 시작하던 때 서 있던 나무 아래다. 그 사실에 앨리스가 깜짝 놀라자 여왕은 무엇에 놀라는지 묻는다.

"음, 우리나라에서는요, 오랫동안 계속해서 아주 빨리 달리면 다른 어딘가로 가게 된다고요."

여왕의 답은 이렇다.

"정말 느린 나라구나! 음, 여기서는 같은 장소에 있으려면 네가 달릴 수 있는 만큼 힘껏 계속 달려야 한단다. 다른 데 가고 싶다면, 최소한 두 배는 더 빨리 달려야 해!"

아주 빨리 달리면 다른 어딘가로 가게 된다는 앨리스의 믿음은 거울 나라에서는 통용되지 않는다. 길이 서로 통해 있으리라는 믿음도 통용되지 않는다. 새로운 규칙을 적용해야 할 때 과거의 규칙에 매몰되어 있으면 '결코' 목적지에 도달하지 못한다. 루틴을 세우고 그 안에서 성실한 반복을 이루어내는 일은 언제나 매력적이지만 루틴을 고수한다고 해서 목표를 자동 달성하게 되지는 않는다. 쳇바퀴를 잘 돌리는 능력과 쳇바퀴 밖에서 탈출구를 찾는 능력은 각기 다른 성질의 것이며 루틴이 견고할수록 때로는 그 밖에서 생각하는 훈련을 해야 한다.

아무리 좋은 습관도 습관이다. 견고한 테두리다.

뻔한 생각에 갇혀 있다는 생각이 들기 시작하면, 나와 잘 맞는다고 생각하고 내가 잘 한다고 생각했던 방법 중 한 가지 정도는 새롭게 바꿔본다. 회의 방식이나 보고서 작성 방식을 바꾼다든가, 일과를 보내는 방식을 바꿔볼 수도 있다. 예전에는 오후에 집중이 가장 잘 된다고 생각했는데, 어느 때부터인가 오전 시간의 능률이 좋아지기도 한다. 당신이 일하는 업계가 그렇듯, 당신 자신도 변화하는 생명체다. 내 지식이나 판단에 한계가 있다고 인정할 때 겸손해질 수 있고 변화할 수 있다. 나와 다른 업계에서 일하는 사람을 만나보거나, 관련한 책을 읽는 시간은 내게 그래서 소중하다. '상자 바깥에서 생각하기'만 한 치트키는 없다.

일하는 '과정'에
충실할 수 있는
내가 아는 최고의 방법은
바로 '평상시의 나'를
다루기.

성장은 옆자리를 내어주는 일

'지금의 나 정도면 딱 적당하지'라는 감각을 갖고 사는 사람이 얼마나 될까. 세상이 요구하는 기준에 맞춰 나를 돌아보면 어디는 한 뼘 넘치고 어디는 한 치 부족한 식일 때가 많다. 이야기는 늘 거기서부터 시작한다. 성장영화, 성장소설 같은 말을 자주 쓰는데, 그 뜻이 무엇일지 생각하면 언제나 길을 잃은 기분에 빠지곤 한다.

우리는 곧잘, 부족한 것을 메우고 넘치는 것을 재단해 사회 적격인 사람으로 만드는 과정을 '성장'이라고 부른다. 모난 구석은 깎는다. 부족함은 보이지 않게 한다. 매끈해지게 한다. 이경미 감독의 영화 〈미쓰 홍당무〉는 그 기준으로 말하면, 자신이 가르치는 중학생보다도 덜 성장한 것처럼 보이는 스물아홉 살 영어 교사 양미숙을 주인공으로 한다.

양미숙은 걸핏하면 얼굴이 붉어지는 안면홍조증을 갖고 있다. 양미숙은 학창시절부터 왕따였다. 부모님은 안 계시고, 친구들은 따돌린다. 유일하게 편견 없이 대해준 학교 담임 서 선생을 좋아하는 마음을 미숙은 선생님이 되어 서 선생의 동료 교사가 된 다음에도 버리지 못했다.

양미숙이 받는 대접은 대체로 '원치 않는 덤' 취급이다. 학창시절 단체 사진을 찍을 때는 아이들 맨 뒤에 혼자 서 있었다. 가르치는 학생들에게 "첫사랑 얘기해줄까?"라고 물으면 "아니요"라는 대답이 돌아온다. 스토킹에 가까운 애정 공세를 받는 서 선생 역시 양미숙을 떨떠름해한다. 게다가 양미숙은 원래 러시아어 교사였다. 러시아어의 인기가 줄어 러시아어 교사 수를 줄이기 전까지는. 기혼자인 서 선생이 동료 교사인 이유리와 썸을 타고 있었다는 사실을 알게 된 양미숙은 서 선생의 딸 서종희와 손을 잡는다. 친구들 사이에서 왕따인 서종희와 세상으로부터 왕따당하는 양미숙은 시한부 2인조가 된다.

〈미쓰 홍당무〉의 양미숙은 고독이 익숙한 사람이다. 다른 사람과 어떻게 지내야 하는지 잘 알지 못한다. 학창시절에는 반 친구들하고 지내기 어려운 정도였지만, 성인이 되고 나니 동료 교사들과의 관계가 어렵고 학생들을 대하기도 까다롭다고 느낀다. 인간관계에 대한 이해가 피상적이다 보니 연애감정에 대해서도 그렇다.

영화 속 교복을 입은 종희 나이일 때는 서른이니 마흔이니 하는 나이를 곧잘 권태로운 삶으로 상상했다. 상상 속 30대는(40대까지 갈 것도 없었다) 무척 뻔하고 지루한 삶을 사는 기득권이었다. 20대 후반이면 나 자신을 증명해야 하는 큰 시험들은 끝이 나서 더 이상 굴곡이 없을 줄 알았다. 나이를 먹을수록 커리어의 미래는 더 안개 속이리라는 사실을, 20대 초반의 나는 상상하지 못했다. 그저, 혼자 제대로 설 수 있는 인간이 될 일이 근심이었다.

제대로 된 혼자가 되어야 한다고 생각했고, 그것은 인간관계에서도 회사 일에서도 마찬가지였다. 타인에 의존적인 사람이 되지 않는 것이야말로 경력자의 짬바 아닌가. 어려운 일은 혼자 해결해야 한다고 생각했다. 롤모델이 없으니까 더 열심히 해야 한다고 생각했다. 혼자 제대로 해야지.

대책 없는 양미숙이라는 인간은, 〈미쓰 홍당무〉를 처음 볼 때는 영 나와 맞지 않는 사람이었다. 저런 사람과는 친구가 될 수 없겠다고 바로 알았다. 동료는 말해 뭐해. 그렇게 10년쯤 지난 어느 날 영화를 다시 보다가, 잘 맞지 않는 세계에서 삐걱거리며 살아가는 양미숙보다 내가 어느새 더 나이 들었음을, 그리고 이해할 수 없다고 생각한 그와 내가 내적 싱크가 맞는다는 사실을 발견했다. 겉으로 보이는 나는 제법 어른 같아 보였지만, 어떤 것들은 해소되지 못한 채 내 안에 엉망진창의 미완으로 남아있었다.

남에게 짐이 되지 않으려는 애타는 노력은 충분히 '혼자서도 잘 해요' 사람이 되고도 끝나지 않았다. 습관처럼, 혼자 모든 것을 결정하고 책임지려고 노력했다. 어차피 남들은 내 사정을 잘 모른다고, 말해도 소용없고, 기대지 않아야 한다고. 그렇게 가까운 사람들에게 몇 번인가 타박을 들었다. 대체로 이런 내용이었다. "나는 너에게 고민을 이야기하는데, 왜 너는 이야기해주지 않아? 내가 못 미더워서?" 아마도 두려워서였던 것 같다. 내 짐을 지기로 한 이상 변명도 하소연도 하지 않아야 한다고. 아무도 요구하지 않은 '혼자'의 방에 나 자신을 가둬두고 있었다.

내가 배워야 할 것은 믿는 연습, 의지하기의 기술이었다. 나에게 중요한 사람들, 내가 사랑하는 사람들과 서로의 이야기를 듣고 들려주는 관계가 되기. 내 생각 속의 '혼자'에 시달리지 않기. 그들이 기댈 때 힘이 되고 내가 기댈 수 있도록 그들에게 기회를 주기. 〈미쓰 홍당무〉의 후반부에서 볼 때마다 울컥하는 대목이 있다.

"내가 내가 아니면 아무도 나한테 이러지 않았을 거면서, 나한테 다들 이러고!"

울부짖는 양미숙에게 서종희가 외친다.

"선생님 진짜 왜 그래요. 나는 선생님 하나도 안 창피하거든요!"

그들이 서로에게 등을 맡길 수 있는 사람들이었다는 사실을 뒤늦게서야 깨닫는다.

경력이 쌓이면서 나는, 내가 선배들을 믿고 의지했던 것처럼 후배들을 믿고 의지해야 한다는 사실을 받아들이기 위해 노력하게 되었다. 내가 가지고 있는 기준이 낡았을 수 있다. 내가 아는 것이 많은 만큼, 알기 어려운 것이 늘고 있다. 그리고 도움은 때로, 앞세대가 아닌 다음 세대로부터 온다. 그 사실을 인정하는 것이, 옆자리를, 앞자리를 내어주는 것이 어쩌면 인간의 성장이라고 이제 받아들인다. 그리고 내가 주인공이 아닐 수도 있다는 사실 역시도. 사생활에서도 마찬가지다. 뛰어난 '혼자'이기보다 가능성 있는 '우리'에 더 기회를 주려고 노력하는 일은, 착실하게 자신을 키워온 사람이 보여줄 수 있는 여유가 아닐까.

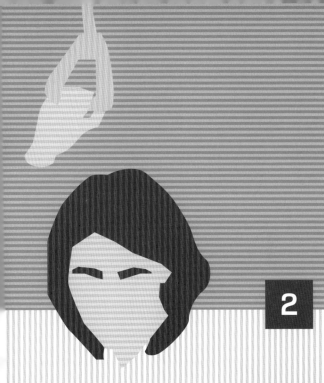

2

**퇴사 전에
일잘러부터**

일잘러는 누구인가

어려운 일을 성사시키는 사람. 당연히 일잘러다.

하지만 일상적으로 수없이 메일을 주고받고 문자를 주고받다 보면, 그래서 되는 일만큼이나 안되는 일 혹은 거절하는 일이 많아지고 나면 알게 된다.

일을 할 때 투명하고 명쾌한 사람이 제일 좋다.
내 기준 최고의 일잘러들. 매일의 슈퍼히어로들.

무엇을 원하는지 정확하게 전달하는 사람.
일의 가부를 판단할 수 있게 전달하는 사람.
B안이 필요하다면 그것이 존재하는지, 있다면 무엇인지 제때 제시하는 사람.

내가 상대의 커뮤니케이션 방식에서 행간을 읽느라 복잡하게 생각을 하지 않아도 되는, 투명한 방식으로 커뮤니케이션하는 사람.

이번 일을 함께 하지 않아도, 다음에는 꼭 한번 일해 보고 싶은 사람이다.

돈을 받으며 배우기

일을 배우는 가장 좋은 방법은 돈을 받으면서 배우기다. 받는 돈만큼의 책임을 지고, 받은 돈 이상의 아웃풋을 내기 위해 분투하기다.

돈을 받으면 실패했을 때의 결과를 직시하지 않을 수가 없다. 일이니 성장이니 하는 단어를 막연히 상상해서는 배움이 없다. 일을 하면서 깨지는 편이 더 빠르다. 압박감과 고통이 따른다는 결정적 단점이 있지만, 속도를 내는 유용한 방법.

무라카미 하루키와 가와카미 미에코의 대담집《수리부엉이는 황혼에 날아오른다》에는 무라카미 하루키가 신인 시절을 회고한다. 처음에는 잘 쓰지 못했다고 운을 뗀 그는 편집자가 해준 조언을 옮겼다.

"괜찮아요, 무라카미 씨. 다들 원고료 받아가면서 차차 좋아집니다."

안전함을 느끼면서 성장하고 싶은 욕구는 누구에게나 있다. 초급부터 시작해 레벨업하고 싶은 욕구. 내가 할 수 있는 만큼을 할당받아 일하기 시작하면, 불안을 덜 수 있지만 성장의 속도는 늦어진다. 사실 가장 심각한 문제는 우리가 때로 안주하려고 노력한다는 데 있다. 때로는 능력을 초과하는 일을 떠맡을 것. 그런 때야말로 실패로부터 배울 수 있는 가장 좋은 시기이다.

내가 할 수 있는 만큼만
일하기 시작하면,
불안을 덜 수 있지만
성장의 속도는 늦어진다.

타고난 성격과
일하기의 상관관계

디즈니 플러스 다큐멘터리 〈스케치북〉은 디즈니에서 일하는 애니메이션 관련 여러 직군 종사자를 인터뷰한 다큐멘터리이다. 시즌1에는 김상진과 이현민, 두 한국인 애니메이터가 출연한다. 다큐멘터리가 시작되면 바로 그림을 그리며 시작하는데, 디즈니를 대표하는 캐릭터들이다. 〈씨네21〉에 실린 김상진 애니메이터의 인터뷰를 보면, 그가 〈피터팬〉의 후크 선장을 그린 이유는 디즈니 입사 당시 과제였기 때문이라고 한다. 연필을 거침없이 놀리며 그림을 그리는 모습에 대해 "성격도 거침없는 편인지 궁금하다"고 질문하자 그는 이렇게 답한다.

"그림 스타일과 성격은 크게 관련은 없는 것 같다. 주변에서 보면 섬세한 그림을 그리는 사람이 활발한 경우도 있고, 여성의 그림이라고 짐작했는데 남자가 그린 경우도 있다. 어떻게 그리는지는 연습하고 훈련받은 결과물이라고 생각한다."

나는 이게 성격과 일하기의 관계에 대한 가장 상식적인 답이라고 생각한다. 나는 다른 사람들 앞에서 말하는 일을 직업의 일부로 하고 있지만, 이게 내 원래 성격이나 적성의 결과냐 하면 그건 아니라고 자신 있게 말할 수 있다. 내 이름으로 글을 써서 책을 내는 일도 비슷하다. 좋아하는 일이고 잘하고 싶은 일이지만, 해서 마냥 마음 편한 일은 아니다. 말을 하고 나서는 집에 와서 잠을 설칠 때도 있다. 하지 않는 편이 더 나은 말을 한 것은 아니었을까 하고. 해야 했는데 못 한 말이 있을 때도 그렇다. 딱 원하는 만큼 모든 걸 해낸 날은 거의 없다고 해도 과언이 아니다.

내가 회사생활을 하고 나서 제일 놀란 사람은 부모님이었다. 언젠가 큰아버지가 집에 오셔서 아버지와 술을 드셨는데, 내가 귀가해서 술상에 같이 앉아 인사도

하고 술도 받아마셨다. 넉살 좋게 이런저런 이야기를 나누었는데, 나중에 부모님이 깜짝 놀랐다고 한 기억이 있다. 어렸을 때부터의 내 모습은 집에서 말을 거의 하지 않고 방문을 닫고 있는 게 전부였기 때문이다. 사춘기 이전이라고 크게 다르지도 않았다. 다만 큰아버지가 오셨던 그때 나는 직장생활을 몇 년 한 뒤였다. 회사에서 팀 막내로 만 3년 가까이 일했다. 나는 하고 싶든 하고 싶지 않든, 일을 하는 데 필요한 사교적 능력을 키웠다.

내향성과 외향성으로 사람을 나눈다면, 그 기준이 무엇이든, 580가지 기준을 전부 적용해도 나는 내향적인 사람으로 결론이 난다. 내가 내향성의 현신인들 대체 그게 무슨 상관이란 말인가? 일할 때의 나는 같이 일하기 좋은 사람이면 될 일이지 "저는 내향적인 편인데요"라고 굳이 부연할 필요가 없다. (그렇게 하는 사람들을 많이 보기는 했다.) 내향적인 사람이라고 꼭 다른 이들에 무심하거나 타인에 배려가 없는 것은 아닌데, 일을 수습도 못 할 지경으로 만들어놓고 그것이 타고난 성격 탓인 듯 해명하는 말을 듣고 있으면 답답할 때가 있다.

당신이 보기에 말하는 재능을 타고난 사람도, 많은

사람 앞에서 더 카리스마를 발휘하는 사람도, 관심받으려고 안달이 난 것처럼 보이는 사람도, 모두가 다 타고난 재능의 결과를 누리는 것은 아닐 수 있다. 물론 타고난 사람이 조금은 더 잘할 수 있다. 하지만 타고나지 않았는데 후천적으로 노력해서 '스스로를 만든' 사람들도 많다는 뜻이다. 나의 경우 인터뷰를 할 때, 난생 처음 보는 사람과 30분에서 두 시간여를 대화하면서 그가 편하고 진지하게 말하게 하는 일이 늘 쉽지는 않다. 사전에 준비를 면밀하게 할 뿐이다. 물론 더 잘 적응하는 사람과 적응에 시간이 걸리는 사람이 있기 마련이다. 나는 적응에 시간이 걸리는 쪽이었다. 이럴 때, 주변 사람들의 지지와 조언을 당연시하지 말자. 당신은 당신 몫의 일을 해야 하고, 진심 어린 조언은 돈을 주고도 얻기 힘들다.

적성이란 정말 존재하는가

나는 처음 취직을 했을 때 내가 참 운이 좋다고 생각했다. 내게 잘 맞는 일이 딱 맞는 형태로 내게 주어진 줄 알았다. 내가 입사시험에 합격했다고 했을 때, 지금은 돌아가신 아버지가 잘될 줄 알았다고 말했던 기억이 난다. "네가 잘할 줄 아는 게 읽고 쓰는 거니까." 그때는 나도 눈앞의 행운이 불운일 수도 있다는 걸 몰랐다. 아마추어로 읽고 쓰는 데 시간을 많이 보낸다는 것과 그 일로 돈을 벌 수 있는 수준의 능력을 갖는다는 게 이렇게 까마득하게 서로 먼 일일지 몰랐다. 나는 기자로 일하는 게 적성에 맞는다고 믿었는데, 일을 시작하고 며칠 되지도 않아서 이건 아니라고 느꼈다. 어느 정도 업무 능력을 인정받게 되기까지, 적성이 아니라는 생각을 하루에도 수십 번씩 했다.

이 일이 적성인지 아닌지 묻기를 그만둔 때는 내가 일에 능숙해진 다음이었다. 실수를 하지 않게 되고, 내가 한 결과물에 다른 동료들이 신뢰를 보내기 시작했을 때. 완벽해졌다는 뜻은 아니다. 하지만 일이 두렵지도 싫지도 않을 정도로, 약간의 확신을 가지고 결과물을 낼 수 있을 정도로 숙련도가 쌓이자 그제야 적성인지를 되물으며 나 자신을 괴롭히지 않게 됐다.

적성에 맞아서 그 일을 잘하도록 태어났다기보다는, 어떤 일에 능숙해지면서 적성에 맞는다고 본인도 주변 사람들도 평가하게 되는 것은 아닐까. 일을 못할 때는 아무리 좋아하는 일이라고 해도 몸도 마음도 힘들다. 계속 실수가 이어지기만 한다면, 박한 평가가 이어진다면 그 자리에서 버티기가 힘들어진다. 그래서 처음 일을 배울 때 1년은 참고 해보라고들 조언하는 것이다. 일이 맞는지를 알기 위해 필요한 최소한의 숙련도가 있다.

하지만 직업을 구하는 단계에서는 적성에 대한 질문이 절박할 수밖에 없다.

처음 취직을 하기는 어렵지만 요즘은 (업계에 따라

다소간의 부침은 있으나) 2년 차에서 10년 차 사이의 이직은 업계 내에서든 업종을 바꾸는 것이든 더 쉬워졌다. '이전 직장'의 연봉을 기준 삼아서 이직한 회사의 연봉이 결정되는 경향이 아직 많이 남아있어서 첫 직장부터 제대로 된 곳을 찾으려는 사람들이 많은데, 그런 고심도 이해한다. '조건이 좋은 회사'를 찾는 게 목표라면 오히려 적성에 대한 고민은 약간 뒤로 밀려있을 것이다. 그와 달리 전공 분야에서 가능한 진로가 제한적이라 고민이라면, 일을 빨리 시작한 뒤 분야를 바꾸어 더 공부를 이어가거나 업종을 바꾸어 이직하는 것도 방법이다. 나도 일을 시작하고서야 알게 되었는데 수많은 사람이 일을 시작한 업계를 떠나서 새로운 분야의 일을 잘만하면서 살아가더라.

일을 해봐야 안 맞는지 맞는지를 알고 업종을 바꿀수 있지 않을까? 적성이 맞는지를 알려면 일을 해보는수밖에 없다.

다만 적성의 문제를 진지하게 생각한다면, 여러 분야의 사람들과 어울릴 기회를 잡도록 주의를 기울이는 것도 한 방법이다. 어떤 직업에 대해 당신이 정보를 얻고자 한다면 어떤 방법이 있을까? 많은 사람이 영화나 드라마를 보고 환상을 품기 시작한다. 안될 말이다. 가능하면 해당 전공을 하는 사람이나 그 일을 하는 사람을 만날 기회를 가져보면 좋다.

나는 사교적인 성격이 아니고 여러 사람과 어울리는 일이 편하지도 않지만, 주기적으로 마음먹고 다른 일을 하는 사람과 어울릴 기회를 만들려고 노력한다. 평소에는 긴장도를 높이지 않으려고 거절하는 사교활동을, 주기적으로 일부러 해보는 것이다. 애초에 활달한 성격에 적극적으로 어울리는 편이라면 이런 부분은 문제가 되지 않을 테지만. 어울리는 일이 피곤하다면, 그래도 1년에 한 번은 마음먹고 판을 벌이고 다른 사람 장단에 맞춰 춤도 춰보면 어떨까. 그래야 우리가 아는 범주 내에서 적성을 상상하는 일을 멈추고 더 넓은 시야를 가질 수 있게 되니까.

누구에게나 고민은 있다

내가 쓴 《내일을 위한 내 일》은 각 분야에서 어느 정도 성취 혹은 경지에 오른 7인을 인터뷰한 기록이다. 내가 질문지를 준비하면서 염두에 둔 점은 이렇다.

당신도 이 질문에 답안지를 작성해보라.

1. 어려서 생각한 적성 그대로의 일인가?
2. 적성에 맞는 일이라면 일을 시작한 뒤 갈등은 없었나?
3. 적성으로 생각해보지 않은 일이라면 그 일을 시작한 계기는 무엇이었나?
4. 일의 장래성, 사람, 돈, 흥미, 재능을 비롯한 요소 중 일을 계속하는 데 중요한 요인은 무엇인가?
5. 10년 뒤 '나의 미래'에서 일은 어떤 모습을 하고 있을까?

미래를 걱정할 필요가 비교적 적은, 이른바 정년이 보장된 일을 하는 사람이라면 5번 항목에서는 일을 하는 '방식'을 고민할지언정 일 자체의 유무를 고심하지는 않는다.

타인의 평가가 절대적인 영향을 미치는 일이라면 '나 자신에게 성실하게'가 일을 지속하는 중요한 원동력이 된다.

적성 여부는 일한 시간이 쌓일수록 중요하게 느끼지 않는 경향이 있었다.

어려서 생각한 미래는 현재 본인의 상황과 같은 경우보다 다를 때가 더 많았다. 그때 생각한 직업을 가진 경우에조차 그렇다. 그렇다면 우리가 지금 생각하는 미래 역시 예측을 벗어날 수 있다. 예측보다 더 좋은 모습으로 미래를 만나기 위해서 누구나 고심하고 노력한다.

빛나는 사람에게도 고민은 있다.

예측보다 더 좋은 모습으로
미래를 만나기 위해서
누구나 고심하고 노력한다.
빛나는 사람에게도
고민은 있다.

새로운 것을 찾아서

관심을 끄는 글과 이미지를 모아두고 자주 들여다본다. 목적의식을 처음부터 갖지 않고 장소를 선택하고 시선을 둔다. 이렇게 하면 당신과 비슷한 연령, 성별, 소득수준, 취향을 가진 사람들의 관심을 끄는 새로운 기획을 만드는 데 유리하다. 새롭다고는 했지만, 의식하지 않은 기획은 결국 지금 유행하는 방향을 따르게 되어있다. 당신이 무심코 발견했다거나 깨달았다고 생각하는 것들은 사실은 유행 중이라 당신 눈에 자주 띄었을 뿐이다. 의도하지 않는 아이디어란 대체로 이런 식이다.

화가나 시인의 글을 볼 때 자주 마주하는 창작의 방법론은, 아이의 시선으로 만물을 보라는 것이다. 보통은 뇌가 보인다고 하는 대로 보고, 뇌가 들린다고 하는 대로 듣는다. 그 작업을 순수하게 보이는 대로 보고 들리는 대로 듣는 훈련을 하는 것이다. 일반론을 만들어내는 작업부터 하지 말고(요즘 ~는 다 ~해, 이런 ~는 거의 ~한 이유에서야), 이 모든 것을 처음 접하는 사람의 관점을 갖도록 노력해보기.

자료를 목적에 맞게 새롭게 분류하고 조합한다. 이때 목적이 되는 키워드는 구체적일수록 좋다. 예상 가능한 기획안을 낯선 단어들로 다시 조직해본다. 당신이 평소 편하게 느끼는 것들이 아닌, 낯설거나 이상해 보이는 새로운 요소들의 출현 빈도를 높여서 기획을 만들어본다.

익숙한 것이 나쁘고 낯설고 새로운 것이 좋다는 믿음을 자주 본다. 실제로는, 낯설고 새로운 것은 즉각적인 호응을 얻기가 힘들다. 기획회의가 이루어지는 회의실 밖으로 나가지조차 못할 때가 있다. 익숙한 것을 '바탕으로' 새로운 것을 조합할 때가 그냥 새로운 것을 제시할 때보다 더 좋은 결과로 이어질 때가 많다. 거듭되는 회의 끝에 사람들이 찾던 것이 애초에 새로운 것조차 아님을 알게 될 때는 얼마나 자주 있었는가.

단순히 유행이라 많이 보일 뿐인 아이디어를 좋다고 평가할 확률이 높은데, 같은 이유로, 새롭다는 느낌도 익숙함을 바탕으로 약간의 뒤틀림이면 충분할 때가 많다. 아예 낯선 것은 싫다고 받아들이고, 아예 익숙한 것은 구태의연하다며 꺼린다. 그 중간에서 시작해, 아이디어를 채택할 사람의 창의성에 따라 더 익숙하게 갈지 더 낯설게 갈지를 정하면 된다. 다만, 익숙함을 바탕으로 한다 해도 예측 가능하다는 인상을 주어서는 안 된다. 낯설지 않다는 말은 뻔하다는 말과 같지 않다.

⊕ 번뜩이는 아이디어일수록 다른 사람들의 것과 비슷할 때가 많다. 우리가 일상 속에서 보고 듣는 것이 크게 다르지 않은데, 그 조합으로 자연스레 귀결되는 빛나는 아이디어가 특별할 리 있겠는가. 충실한 리서치는 일견 너무 신중하고 보수적으로 보이지만, 이미 무엇이 있는지 모른다면 세상에 아직 없는 것을 제대로 포착하는 일은 불가능한 것이다.

우연이여 안녕

《시간을 찾아드립니다》라는 책에는 재미있는 이야기가 나온다. 시간에 쫓겨 살던 모니카는 시간 관리에 대한 자기계발서를 여러 권 읽은 뒤 '거절하는 연습을 하라'는 조언을 얻었다. 그래서 웬만한 것은 거절하기로 마음먹고 실행에 옮겼는데, 진심으로 알고 지내고자 하는 사람들의 요청조차 거절해 시간을 확보하려니 어딘가 찜찜한 기분이 들더라는 것이다. 모니카는 즉흥연기 강좌를 들은 뒤 자신의 '거절' 원칙을 수정하게 되는데, 그 강좌에서는 극단적으로 모든 아이디어에 '예'라고 말하라는 훈련을 시켰다. 모니카는 삶에 즉흥성과 우연성을 원해서, 자신에게 무언가를 요청하는 사람들의 대화 요청을 한 번씩은 전부 승낙하고, 그 이상의 요구에 대해서는 수요일에 국한해 응하기로 정하게 됐다는 이야기다.

예측 불가능한 틈새 시간을 허용하지 않고, 10분 단위로 시간관리를 하는 스케줄러도 많다. 계획이 없이는 낭비하게 되기 때문이다. 시간 관리뿐 아니라 모든 면에서 '최단거리'를 우선시하는 사고는 드물지 않다. 온갖 측정 기술이 발달한 덕분에 마음먹으려면 무엇이든 측정할 수 있다. 길을 찾을 때는 지도 앱 화면만 보면서 간다. 문화생활도 전부 누군가가 골라놓은 리스트를 체크한다. 책을 구입할 때는 인터넷 서점의 큐레이션된 화면 안에서 고르거나 누군가의 추천을 참고한다. 오프라인 서점에서도 누군가가 진열해둔 대로의 책을 보게 되는 건 마찬가지지만 노출되는 책의 종수가 크게 차이난다. 관심 있는 분야의 책이 아닌데, 있는 줄도 몰랐던 책인데 우연히 거기 놓여있어서 집어 들었다가 선택하는 일은 온라인 서점에서는 기대하기 어렵다. 지도 앱이 알려주는 길로만 따라가면 잘못 들어선 길에서 마음에 드는 가게를 발견하는 일도 기대하기 어렵다.

물론 그런 헤매는 수고와 낭비를 줄이기 위해 생산성 도구들이 발전하는 것은 맞다. 이제 와서 문명의 이기를 포기하라는 말은 아니다. 다만, 우연이 끼어들 틈을 만들어주자는 말이다. 도서관에 갈 때는 내가 찾는 책과 그냥 눈에 띄는 책을 반반 비율로 맞추려고 노력하기도 한다. 약속 장소에 일찍 도착하거나 약속이 일찍 끝나면 지도 앱을 보지 않고 골목을 구경한다. 힙하다는 곳에 가서 영감을 받는 일도 좋다. 하지만 우연이 만들어낸 조합을 자기 스타일로 만들어 기획하는 일이 주는 특별한 재미 역시 놓치지 말자.

정반대의 경우도 있다. 디자이너 사토 오오키는 번뜩이는 아이디어를 얻기 위해 변화를 줄인다고 한다. 출장을 갈 때 가능한 한 쓰던 물건을 그대로 가져가 변화에 적응하는 스트레스를 줄이려고 한다는 뜻이다. 온 힘을 다해 같은 리듬을 반복하게 해야 창의력이 필요할 때 폭발적인 힘을 낸다고. 즉, 사람마다 자기는 어떤 때 새로운 아이디어를 잘 떠올리는지 여러 실험을 통해 알아가야 한다.

핵심 팀이라는 비밀

〈하버드 비즈니스 리뷰〉 2019년 7-8월호에는 '블록버스터 마블'이라는 기사가 실렸다. 이 기사는 프랜차이즈 영화를 새롭게 정의했다고 말해도 과장이 아닐 '마블 시네마틱 유니버스'의 성공 비결을 흥미롭게 분석했다. 이전까지의 프랜차이즈 영화는 속편이 만들어질수록 식상하다고 여겨져 왔다. 패턴을 반복하는 것이 프랜차이즈 영화의 장점이자 한계였기 때문이다. 연속성과 새로움 사이에서 균형을 잡는다는 일은 말처럼 쉽지 않았고, 어느 한쪽으로 저울이 기우는 순간 팬에게 욕을 먹거나 일반 관객에게 무시당하기 쉽다. 마블은 어떻게 이렇게까지 성공했을까.

〈하버드 비즈니스 리뷰〉에서는 그 답을 네 가지로 제시했다. (1) 경험이 있는 무경험자를 선택한다. (2) 핵심 팀이 주는 안정감을 이용한다. (3) 과거의 공식에 지속적으로 도전한다. (4) 고객의 호기심을 키운다. 이 중에서 내용에 대한 언급은 2번을 제외한 세 가지다. 1번은 꼭 슈퍼히어로 영화 경험이 없는 감독이어도, 큰 버짓 영화를 만들어본 경험이 없는 감독이어도 자기 세계가 선명한 감독이나 배우를 기용하는 방식으로 이루어졌다. 3번도 콘텐츠에 대한 언급이다. 마블의 영화는 이전작과 유기적으로 연결되면서도 다르다는 것이다. (기사가 쓰이고 3년이 지난 2022년에 개봉한 〈닥터 스트레인지: 대혼돈의 유니버스〉까지도 이런 원칙은 이어지고 있다.) 각본을 분석해보면 마블 영화는 서로 다른 감정적 톤과 시각 이미지를 보여주고자 한다. 하지만 이런 전략은 〈스타워즈: 라스트 제다이〉에서는 처절하게 실패했는데, 아주 오랜 시간 신작이 나오지 않은 데다가 (시리즈의 전통에 보수적인) 보수팬이 많은 시리즈는 새로운 시도 자체에 대한 저항과 마주하기 쉽다. 4번은 쿠키영상과 레퍼런스에 대한 언급이다. 하지만 2번 '핵심 팀이 주는 안정감을 이용한다'는 팀 구성에 대한 이야기, 연속성이 있으면서도 독립적인 거대한 팀을 어떻게 조직하느냐의 문제를 다룬다.

"새로운 인재와 의견과 아이디어 사이의 균형을 맞추기 위해 마블은 다음 영화 제작에 들어갈 때 전편에서 일했던 사람 중 소수는 유지시킨다."

이렇게 유지되는 핵심 인력은 새로 팀에 합류한 사람들에게 '함께 어울리고 싶은 공동체'라는 느낌을 준다는 것이다. 핵심 팀이 주는 안정감이 혁신을 지원할 수도 있다. (이쯤에서 당신이 속한 조직과 마블이 같지 않다는 항의를 하고 싶은 사람도 많으리라 예상한다. 어떤 조직에서는 핵심 팀이라고 불리는 사람들은 텃세나 부린다.) 이 기사에서는 UEFA 챔피언스리그의 최상위권 축구 클럽들역시 같은 방식을 사용해왔다고 설명한다. 2008년부터 2012년까지 최고 기량을 발휘하던 바르셀로나의 경우, 자체 아카데미에서 어린 스타들을 길러내 연속성을 유지하고, 핵심 선수 라인을 유지하는 동시에 새로운 스타 영입에도 적극적이었다는 것이다.

서로를 전혀 모르는 사람들만으로 이루어진 팀에서는 새로운 아이디어가 아니라 서로 적응하는 시간과 충돌이 빚어지기도 한다. 서로 익숙하기만 한 사람들 사이에서는 새로운 아이디어가 나오지 않는다. 그 둘 간의 균형을 잡기 위해 회사 안팎의 사람들로 팀 구성을 갱신해가는 것이다. 큰 성공이 후속작의 발목을 잡지 않게 하려면 이보다 더 좋은 방식은 없을 것이다. 또한, 꼭 영화 제작에만 통용되는 교훈도 아니다.

아예 낯선 것은
싫다고 받아들이고,
아예 익숙한 것은
구태의연하다며 꺼린다.
그 중간에 답이 있다.

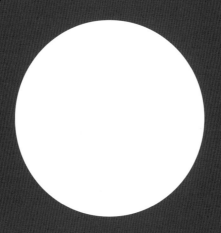

주여, 이 일정은
제가 짠 것이 아닙니다

오늘, 다음 주말에 예정된 재미있어 보이는 미술 비평 관련 세미나를 발견했다. 신청을 하면 무료로 들을 수 있다길래 클릭해 신청서를 작성하고 있었는데, 나의 캘린더가 이틀 동안 여섯 시간이나 하는 세미나에서 내가 들을 수 있는 시간이 하루도 없다는 사실을 알려주었다. 나는 애초에 왜 주말에 일을 잡았을까?

일정을 잡을 때 가장 큰 맹점은 "할 수 있으니까 한다"는 '기분'이다. 그날 시간이 비었다든가 그 일이 어렵지 않아 보인다든가 하는. 한 달 뒤, 3개월 뒤, 1년 뒤의 텅텅 빈 캘린더에 일을 하나씩 채워 넣을 때는 그런 기분이 극대화된다. 그렇게 채워 넣은 일정 때문에 현재 고생하고 있다는 사실을 잘 알고 있으면서도 다음 달

일정을 짤 때는 할 수 있을 것 같은 기분에 휩싸인다. 마치 코스트코에서 유통기한 내에 다 먹지도 못할 대용량 우유 두 개들이를 구입하는 것과 같다. 그렇게 목구멍까지 일이 밀리고 차오른 어느 날 갑자기 환멸이 시작되고….

"어 저거 재밌겠다" 싶은 걸 확 잡아서 해버리려면 일정이 듬성듬성해야 한다. 물론 듬성듬성은 일을 시작하기 전의 기분 문제일 뿐으로, 막상 일을 진행하면 듬성듬성해 보인 일정이 제법 빽빽하다는 깨달음으로 뒤늦게 이어지곤 한다. 예상 소요 시간보다 실제 소요 시간은 언제나 더 길기 때문이다. 돌발상황에 대처하느라 이후 일정이 줄줄이 밀려본 적 있는 사람은 이해하겠지. 빈칸 채우기처럼 일정을 관리하면 일은 밀리고 하고 싶은 건 못 하는 경우가 점점 늘어난다. 그리고 일의 완성도가 떨어지면 신뢰도 역시 떨어지기 시작한다. 일정을 잡을 때의 나는 '이상적인 나'를 상정하는데 문제는 '이상적인 나'가 지금으로부터 10년쯤 전의 사람이라는 것이다…. 10년 전 언젠가 1년에 하루, 나는 환상적인 효율로 며칠치 일을 하루 만에 해치운 일이 '있었었었었었던' 것이다.

비결이 있다고 말하고 싶지만, 실제로 나는 중요한 일이 연달아 있을 때 휴식을 우선하는 방식으로 대처한다. 가능하면 운동을 빼먹지 않고 수면 시간을 유지한다. 그래야 일할 때의 집중도를 유지할 수 있기 때문이다. 일을 수락하기 전에 한 번 더 생각한다. 시간이 있어도 꼭 의식적으로 쉬는 구간을 만들어둔다. 가장 중요한 원칙은, 친구와 노는 시간도 일과 같은 비중으로 일정표 안에 존재해야 한다는 것이다. 일을 한 뒤 놀면서 '스트레스를 푼다'는 방식이 가능한 때가 있고, 더 이상 가능하지 않은 때가 온다. 가능하지 않아진 지 오래됐는데도, 자기 상태를 잘 돌보지 못해서 놀고 나서 아파지는 사람들을 자주 본다. 당신은 영원히 스물네 살이 아닙니다.

메모가 쓸모를 가지는 법

메모는 하는 것보다 다시 들여다보고 분류하는 작업이 중요하다.

나는 아이폰에 있는 메모 앱, 클로바노트 앱, 손글씨를 쓰는 노트 세 가지를 열심히 쓰려고 노력한다. 생각나는 걸 전부 메모한다. 인터넷에서 본 '나중에 보면 좋을' 정보들을 스크랩하는 일도 열심이기는 한데 제때 잘 체크하지는 못한다. 하지만 내가 직접 작성한 메모는 빼먹지 않고 정리한다. 나는 아이폰의 메모 앱을 주로 이용한다. 뮤지션 이랑 씨는 음성메모 기능을 적극 활용한다고 한다.

최종적인 일정 정리는 네이버 캘린더 앱으로 하는데, 내가 네이버 메일을 주로 사용하기 때문에 연동해 사용 중이다. 하지만 금요일 저녁에 토요일부터 금요일까지의 일정을 한번 노트에 손으로 써 다시 정리한다. 주말에는 일 관련해서는 연락을 거의 받지 않기 때문에 큰 단위 시간을 어떻게 쉬는 데 할애할지를 정한다. 한 달에 적어도 두 번 정도는 2~3시간의 산책 코스를 집에서 먼 곳으로 끼워넣는다. 요일별로 할 일을 다 적은 뒤, 그 주에 신경 써야 할 일을 추가로 적어둔다.

매일 밤 자기 전에는 다음 날 할 일을 적어둔다. 아침에 일어나서 확인한다. 그대로 하는 날보다 하지 않는 날이 더 많기는 한데, 그래도 적어두고 확인하는 일은 놓치지 않는다.

나는 계획을 세우고 그대로 지키는 일에 취약하다. 그래서 기록하고 확인하는 일을 열심히 한다. 그렇게 하면 실패하지 않아서가 아니라 실패하더라도 그걸 내가 알고 있어야 하기 때문에 기록하고 확인한다. 다음에 하지 말아야 할 일을 솎아내기 위해서 더욱 기록하고 확인한다.

이 모든 과정에 더해, 그때그때 생각나는 내용이 있으면 메모를 해둔다. 들고 다니는 노트 한 권에 주간 일정, 일간 일정, 메모를 전부 한다. 일주일에 한 번 꼴로

수첩을 정리해서 메모를 사용할 내용으로 정리하는데, 사용할 곳을 확정하지 못한 메모는 그대로 두고 원고나 기획안으로 쓴 메모는 크게 X자를 그려 지운다. 노트에 보기 좋게 정리를 하지는 않는다. 다만 마스킹테이프나 스티커는 많이 쓰는데, 집중하기 어려울 때 노트에 뭘 붙일지 생각하고 있으면 머릿속이 덜 시끄럽기 때문이다. 순전히 이런 용도로 꾸미는 노트가 둘 있는데, 마신 티백의 포장지를 모아두는 티 로그, 도서관에서 대출한 책의 대출증을 모아두는 대출 도서 로그가 그것들이다. 티 로그나 대출 도서 로그 노트는 크게 쓸모를 생각하지 않고 일단 기록을 모으는 정도.

"몽당연필이 뛰어난 기억력보다 낫다"는 말이 있다. 기록을 열심히 하라는 말이다. 하지만 "구슬이 서 말이라도 꿰어야 보배"다. 가지고 있다고 다 자기 것은 아니다. 메모는 반드시 정리하는 시간을 갖도록 하자. 정리를 하다 보면 무엇을 어떻게 메모해야 하는지, 나에게 유용하게 쓰이는 정보는 어떤 것인지 감이 온다.

시나리오 작가부터 마케터까지, 여러 일을 하는 사

람들의 메모 활용 방법을 듣고 내가 현재 사용하는 방법은 이렇다.

1. 생각난 것은 활용처를 생각하지 않고 적어둔다.

2. 책을 읽다가 좋았던 부분은 사진을 찍어둔다.

3. 1과 2를 (최소한) 2주에 한 번은 정리하면서 삭제하고 분류한다. 분류하는 방식은 당신이 현재 어떤 일을 하느냐와 관련 있는데, 회사에서 진행 중인 프로젝트, SNS에 올릴 글, 친구와 같이 주말에 가볼 곳 등 그때그때 달라진다.

4. 3번 중에서 긴 글로 발전시킬 내용을 원고로 옮기거나, 실제 일에 적용할 보고서를 쓴다.

업무 메일의 선명도를 위하여

내가 처음 일을 배운 2000년에는 모르는 사람과 일을 시작할 때 이런 절차를 거쳤다.

회사에서 이렇게 하라고 가르친 건 아니었고, 일 잘한다는 말을 듣는 사람들이 대체로 이런 식으로 섭외를 했다.

1. 선배에게 (혹은 관련된 회사에서) 연락처를 받는다.

2. 전화한다. "안녕하세요, 저는 ××에서 ××로 일하는 아무개라고 합니다. ×× 통해서 연락처를 받고 전화 드렸습니다. 실례지만 잠시 통화 가능하실까요?" (상대가 가능하다고 답하면 이후에 용건을 간략하게 이야기한 뒤 미팅을 잡는다.)

3. 미팅을 해서 자세하게 일을 논의한 뒤, 다음 미팅

날짜를 잡는다.

문자와 이메일을 사용할 순 있었지만, 중요한 일일수록, 중요한 섭외일수록 직접 전화해서 상황을 설명해야 했다. 대면 미팅은 거의 필수적이었다. 계약서를 주고받을 일이 있을 때면 100퍼센트 만났다.

2010년대 후반부터는 어느 날 갑자기 이메일이나 카카오톡이 온다. 모르는 사람이다.

점점 많은 사람이 이메일, 메신저, SNS를 통해 일을 제안하고 제안받는 시대가 되면서 이메일 작성법에 대한 여러 신화가 생겨난 듯하다. 어떤 메일은 처음부터 한없이 길고 자세해서 세 번은 읽어야 무슨 내용인지 파악이 가능해졌고, 어떤 메일은 여전히 동네잔치 공고처럼 다짜고짜 친밀하게 굴어서 메일 제목만 보고도 기운이 빠진다.

메일 한 통으로 섭외에 성공하는, 감동을 주는 메일에 대한 전설도 생겨난다. 업무 제안 메일을 받고 감동하고 싶다는 말을 종종 듣는다. 나는 그런 메일을 쓰고 있나? 그럴 때도 있고 아닐 때도 있다. 요는, 일과 관련한 모든 메일은 정성 들여 작성해야 하지만, 모든 메일이 같은 강도와 길이일 필요는 없다는 뜻이다.

업무 메일은 '용건이 분명할 것'이 기본이며 가장 중요한 가치다.

업무 메일에 해피엔딩이 있다면 작성자가 원한 일이 성사되는 것이다. 그 외의 감동을 주는 다양한 요소들은 그야말로 〈슬램덩크〉 식으로 말하면 '왼손은 도울 뿐'이다. 조건이 좋은 제안이라면 상대는 더 쉽게 승낙하고, 조건이 나쁘다면 상대는 고심하게 되어있다. 즉, 내가 일을 제안하는 메일을 쓰는 입장이라면 제안의 조건이 열악할수록 더 메일 쓰기에 공을 들여야 한다는 뜻이다.

메일을 받는 입장에서는 공을 들이고 말고보다 용건이 선명하게 적혀있는 것이야말로 중요하다. 어떤 사람들은 매번 공을 잔뜩 들인 메일만 받는 처지에 있다. 그렇다면 메일을 받았을 때 한바닥 길게 글이 이어질 때 거기에 대해 감동하기보다는 '나중에 읽기'로 치워둘 가능성도 높다는 뜻이다.

이메일의 선명도를 높이는 방법은, 도입부에

1. 나는 누구인가.
2. 본 이메일 내용은 앞으로 어떤 내용을 포함할 것인가.

이 두 내용을 적고 시작하는 방법이 좋다. 물론 당신이 원한다면 오늘의 날씨, 올해의 기후 변화, 계절 변화에 따른 기분 변화와 앞으로 다가올 장마에 대해 쓸 수도 있겠다. 하지만 누가 왜 메일을 썼는지부터 선명히 밝혀야 한다. 대부분의 사람은 이 두 가지 정보만으로 계속 읽을지 여부를 결정한다. 메일을 끝까지 읽어주었으면 하는 마음에 미괄식으로 메일을 작성하는 경우도 있는데… 효과가 있는지는 잘 모르겠다.

그 다음 '본 이메일 내용은 앞으로 어떤 내용을 포함할 것인가'를 구체화해서 쓴다. 어떤 일인지, 기간은 어떻게 되는지, 상대가 해야 할 역할은 무엇이며, 비용은 어떻게 되는지를 쓴다. 협의가 필요한 부분에 대해서도 적는다. 이러한 세부 사항은 상대가 일에 관심을 보일 경우 다시 논의할 수도 있으므로, 첫 번째 메일에서는 일의 골격을 간략히 적어 공유하면 된다. 처음 보내는 이메일은 일의 가부를 결정할 수 있는 정보들을 알기 쉽게 정리하는 게 기본이다.

하지만 때로 당신은 이메일을 통해서 어려운 기획 혹은 섭외를 반드시 성공시키고 싶을 수도 있다. 이때는 정말 공을 들여야 한다. 그러면 이때 공을 들인다는 말은 무슨 뜻인가.

(수신인에 대한 인정) "이 일에 왜 꼭 당신이 필요한가."
(시너지) "이 기획은 왜 지금 (당신 혹은 당신 조직에) 필요한가."
(또는 공공의 가치) "이 일은 당신의 참여를 통해 어떻게 더 많은 이들에게 도움이 될 수 있는가."

와 같은, 당신이 메일을 쓰는 가장 핵심적인 이유를 쓰는 것이다.

역시 간명하게.

글쓰기에서 퇴고의 기본은 분량을 줄이며 내용을 단단히 만드는 것이라고 믿는다. 업무 이메일에서 공을 들인다는 말은 분량 줄이기와 내용 다지기다.

어떤 사람에게나 통용되는 메일 쓰기가 있을까? 애석하게도 그렇지 않은 듯하다. 당신이 일하는 업계마다 선호하는 메일 쓰기의 양식이 있을 것이다. 긴 분량에 정돈된 내용으로 메일을 쓰는 업계가 있는가 하면, 이해할 수 없을 정도로 건성인 이메일을 보내는 업계도 있다. 그런데 필요한 내용이 다 들어있다면, 나머지 부분, 즉 메일의 완성도를 좌우하는 공들이기를 어떻게 할지는 업계 표준에 따르는 게 맞다. 당신이 주로 받는 이메일이 당신이 쓰는 이메일에도 영향을 준다. 메일에 답을 할 때는 보낸 사람의 톤앤매너에 맞추면 큰 문제는 없다.

업계에 따라 메일 쓰기의 매너가 다르다고 언급한 이유는, 물결표(~)와 갈매기(^^)가 없는 이메일은 건조하고 불쾌감을 유발한다고 느끼는 윗사람을 위한 상냥한 메일 쓰기가 생활화된 경우도 있기 때문이다. 혹은, 책잡히지 않기 위해서 용건과 무관하게 빙그레 웃으며 상냥하게 쓰는 것이다. 이런 업계는 내용과 형식 중에서 형식이 특히나 중요한데, 그 형식이라는 뜻은 메일을 받는 사람이 생각하는 예의 바름에 달려있다.

내가 메일을 받는 입장이라면 '우리 업계'의 화법을 상대가 알고 썼네 모르고 썼네 신경 쓰지 않는 편이 일 처리에 도움이 된다. 필요한 내용이 잘 안내되어 있다면 형식은 부차적인 문제다. 즉, 메일을 보낼 때는 예민해지고, 받을 때는 약간 둔감해지는 편이 좋다.

내가 제시하는 조건이 좋지 않을 때는 공들여 메일을 작성해야 한다. '누가 봐도 좋은 기회를', '상대방이 딱 잘할 만한 형태로', '풍족한 예산을 들여', '여유 있는 일정으로' 제안한다면 일을 거절당하기가 더 어렵다. '안녕하세요' 같은 인사말 없이 써도 대체로 승낙받을 것이다. 하지만 내가 제시하는 조건이 상대에게 유혹적이지 않다면, 상대가 굳이 할 필요성을 느끼지 않을 일을 설득해야 한다면 그때는 성심성의껏 써야 한다. 이때도, 열심히 써서 상대가 흔쾌히 메일에 감탄하며 함께 해보자고 할 수도 있고, 정성 들인 메일은 감사하지만 그럼에도 이번 일은 하지 못하겠다고 할 수도 있다.

결과가 어느 쪽이든 공을 들여야 한다. 왜냐하면 우리에게는 언제나 '다음'이 있기 때문이다. 공들인 설득을 거절한 사람은 다음에 다시 같은 사람에게서 연락을 받으면 부채감을 느끼기 때문에 승낙하기가 더 쉽다.

그러면 이때 공을 들인다는 뜻은 무엇인가. 특히 섭외의 문제라면, '왜 꼭 당신이 이 일을 해야 하는가'를 설득하는 내용이 무엇보다 중요하다.

제시하는 조건이 좋지 않기 때문에, 섭외하는 단계에서 이미 자포자기한 상태로 내던지듯("아님 말고") 메일을 쓴 사례도 나는 자주 본다. 문제는 똑같은 조건으로 제안을 받아도 어떤 일은 하게 되고 어떤 일은 거절한다는 데 있다. 그 기준이 무엇일까. 내가 그 일을 해야하는 이유가 설득되면 하고, 꼭 나일 필요가 없어 보이면 하지 않게 된다. 나는 일로 만나는 사람들에게 어떻게 제안을 받을 때 승낙하는지 그 기준에 대해 자주 묻는데, 거의 대동소이한 답을 들었다. 꼭 나일 필요가 없는 일을 '아님 말고' 식으로 던지듯 연락해온 상대에게 굳이 응할 이유가 없다. '아님 말고' 식의 메일을 쓴 사람은 아마도 거절당한 이유가 조건이 나빠서라고 생각할 것이다. 그게 이유의 전부는 아니다.

공을 들일 땐 사활을 건다고 생각하고 쓰는 것도 중요하지만 용건을 정확히 전달하는 간명함이야말로 일을 성공 쪽으로 몰아가는 방법이다. 다시 강조하지만 무슨 말을 하려는지 알 수 없는 길고 두서없는 이메일은 쓰는 사람에게는 고생이지만 받는 사람에게도 고생 이상은 아닐 때가 많다.

마지막으로, (사적 용건이 아니라) 일을 제안하는 메일만이 주는 기분 좋은 설렘의 말들이 있다. "당신은 걱정할 것 없다. 내가, 우리가 책임지고 성공하게 만들겠다." 유의 말.

최근 내가 받은 이메일에서 예를 들어보겠다. 김겨울 작가가 겨울서점 유튜브 채널에서 책 제목을 그림으로 맞추기 게임 영상을 제작하는 파티원을 모집하던 때, 두 번째 이메일에 적혀 있던 말이다. 두 번째 메일은 첫 번째 메일보다 상세하게 내용을 설명했는데, 그 안에 이런 문장이 있었다.

"시간이 되면 제가 공지를 드리고 안내하겠습니다. 저는 진행 자판기입니다. 걱정 마십시오."

나는 생방송에도 긴장하는 법이 없는 편이다. 그런데도 저 문장을 읽고 웃었고, 같이 하길 잘했다고 생각했다. 믿고 함께 일해도 되겠다 싶은 말, 설령 기대한 만큼의 성과가 나지 않더라도 흔쾌히 응한 보람이 있겠다는 생각이 드는 말, '이쪽의 최선'을 약속하는 말은, 제안 내용이 아니라 메일 쓴 사람을 붙잡고 싶어서라도 제안에 응하게 만든다.

⊕ 메일의 대원칙은 읽는 사람의 수고 줄여주기다. 글량과 내용을 그에 맞춰 작성하자.

⊕ 첨부파일에 대해

본문에는 해야 할 일에 대한 설명이 없이, 사업계획서 같은 '개요'만 있는 PPT파일을 첨부하는 사례도 적지 않게 보게 된다. PPT파일은 참고용이고, 중요한 내용은 본문에 명확히 적어서 보내도록 하자.

⊕ 참조 걸기에 대해

참조의 관행 역시 당신이 일하는 회사의 사례를 참고할 것. 참조 명단은 메일을 받는 사람(들) 역시 보게 되기 때문에, 클라이언트사를 포함해 3개 이상의 팀 혹은 회사가 함께 언급된다면 메일을 보내기 전에 누락된 사람이 없는지 반드시 확인할 것.

⊕ 고유명사 오타에 대해

같은 제안 메일을 여러 사람에게 보내는 경우가 있다. 이때 이름을 제대로 바꾸지 않고 보내는 사례를 잊을 만하면 본다. 혹은 수신인 이름에 오타가 있는 경우도 있다. 내 이름은 이다혜인데, 이다해, 김다혜 등 비슷한 듯 틀린 이름으로 적은 이메일을 종종 받는다. 꺼진 불도 다시 보고, 확인한 고유명사도 다시 체크하자.

⊕ 잘잘못을 가리는 메일에 대해

인간은 참 나약하고 이기적인 데다 자기만 아는 동물이라서, 가끔 메일로 명명백백하게 시비를 가릴 수 있다고 믿는 (고운 말로 썼지만) '싸우자 메일'을 볼 때가 있다. 나도 이런 메일을 써본 적은 여러 번인데 보내본 적은 없다. 안 보낸 이유는, '내가 옳다'를 증명하려고 쓴 이메일을 제3자가 볼 때는 대체로 '둘이 사이가 안 좋다'는 메시지 이상의 정보를 얻기 어려울 때가 많아서다. 심지어는 타인을 비난하려고 쓴 이메일인데, 제3자가 내용을 보면 메일 작성자 본인 잘못인 때도 있다. 감정이 격할 때 쓴 메일은 꼭 몇 번이고 다시 검토하라. 그냥 혼자 화가 난 건 아닌지. 유사품으로는 '나는 죄가 없다' 메일도 있다. 이 역시, 받는 사람은 잘 몰랐던 문제를 나서서 알리는 역효과가 있을 수 있다. 심지어 메일은 기록으로 남는다. 신중해서 나쁠 것은 없다.

공을 들이고 말고보다
용건이 선명하게 적혀있는
것이야말로 중요하다.

말에 힘을 싣는
기본

말하기가 글쓰기와 다른 첫 번째 특징은 발화자의 특성과 매력이 때로는 메시지를 압도한다는 데 있다. 청중이 발화자에 대해 느끼는 호감도가 만족도로 직결되는 일이 많다는 뜻이다. 호감도를 높이는 방법에는 몇 가지가 있다. 최고는 인지도를 높이고 인간적 매력을 갖추기인데 이것은 개인의 노력만으로 달성하기에는 한계가 있다. 그렇다고 마냥 무력한 것은 아니다. 말하기가 이루어지는 장소와 목적에 맞춘 태도를 갖추는 일은 중요하다. 신뢰할 수 있는 옷차림이나 말할 때의 자세, 목소리의 톤 등이 비언어적 메시지에 포함된다. 사기꾼이 가장 잘하는 것이 바로 이런 비언어적 메시지 지배하기다. 자신이 지닌 콘텐츠에 대한 자부심이 강할수록 태도를 정돈하는 일에 비타협적일 때도 있다. 하지만 콘텐츠에 자부심이 있다면 더더욱 그 콘텐츠에 힘을 실어주는 태도를 갖추도록 하자. 좋은 콘텐츠를 나의 자존심 때문에 묻히게 할 수는 없지 않은가.

말하는 태도가 매력적인 사람의 자질을 말할 때 '자신이 말하는 내용에 대해 애정이 있음이 잘 드러나거나 자신감을 가진 사람'을 빼놓을 수 없다. 즉, 발화자부터가 자신이 하는 말에 자신감도 자부심도 없는 데다 불신하는 태도를 보여서는 안 된다는 뜻이다. 단순히 자신감 부족 때문에 벌어지는 일일 때도 있는데, 듣는 사람은 발화자와 그가 전달하는 내용을 분리해서 판단하지 않는다. 만일 당신이 말을 해야만 하는 상황일 때 태도가 부족하다고 느낀다면 첫 번째로는 몇 번이든 연습을 하는 편이 좋고, 말을 보강할 자료를 잘 준비하는 것역시 도움이 된다.

말하기 연습은 소리를 내 처음부터 끝까지 반복해 말해보면 된다. 처음에는 대본을 써서 보고 낭독하며 연습을 하고, 어느 정도 구조를 암기하면 대본을 보지 않고 말하기 연습을 하면 된다. 면접 연습도 이런 방식으로 하면 되는데, 처음에는 딱딱하게 말하게 되더라도 반복해 연습하면서 자기화하면 훨씬 부드러운 말하기가 가능해진다. 완벽하게 대본대로 말하도록 연습할 필요는 없다. 핵심이 되는 내용을 암기하고 나머지 부분은 입에 편한 방식으로 대체해 말해도 괜찮다. 말하기를 이런 방식으로 연습하려면 가장 중요한 것은 암기하기 좋도록, 전달하려는 주제를 중심으로 흐름이 좋은 대본을 만드는 것이다. 한 글자 한 글자 암기하기보다 테마를 중심으로 흐름을 염두에 두고 말하면, 설령 중간에 디테일을 한두 가지 빼먹는다 하더라도 다른 좋은 사례로 대체할 수 있고, 말이 삼천포로 빠졌을 때도 다시 원 궤도로 복귀하는 일이 수월하다.

말을 보강하는 자료는 자세함이 미덕이 아니며 간결할수록 좋다. 글 자료가 지나치게 자세하면 말에도 글에도 집중하기 어려워 지루하고 볼품없게 느끼니까 말이다.

매력적인 말하기를 하기 위해 갖추면 좋은 자질 하나는 유머다. 하지만 평상시에 유머러스한 말하기를 잘하지 못하는데 굳이 억지로 깔깔유머를 여기저기서 보고 끼워 넣으면 청중의 반응을 생각하다가 오히려 중요한 내용까지 놓치게 된다. 유머를 자연스럽게 더하기 어렵다면 짧게 말하는 편이 좋다.

　　말하기에도 '밀고 당기기'가 있다. 듣는 사람이 집중하게 하는 말하기는 발화자의 특성에 따라 여러 패턴이 있을 수 있지만, 빠르게 말하기보다 천천히 또박또박 말하는 편이 집중도가 높다. 콘텐츠가 지나치게 많기 때문에 마치 곡물로 가득 든 포대 중간에 칼집을 낸 것처럼 말이 쏟아지듯 튀어나오는 사람도 있다. 나도 사석에서는 이렇게 얘기할 때가 있는데, 공적인 발화 자리에서는 '반 박자'를 쉬거나 반 정도 숨을 들이쉰다는 느낌으로 너무 다닥다닥 붙여 말하지 않는 편이 좋다. 물론, 당신에 대한 이해도가 높은 청중이라면 이런 말하기 방식도 당신의 고유한 매력으로 받아들일 것이다.

　　또박또박 말하기에는 '마침표의 올바른 사용'이 포함되는데, 중요한 내용을 말하기 전에 마침표를 좀 길게 끌어주면서(입을 다물고 있으라는 뜻) 청중과 시선을 맞추는 방식이 좋다. 긴장도가 높을수록 말을 서둘러 이어가면서 빨리 다음 이야기로 넘어가려는 경향이 있는데, 그보다는 말을 끊는 자리에서 사람들이 지금 들은 말을 되새김할 수 있게 잠시 시간을 주는 편이 좋다.

물론 긴장도가 높기 때문에 자신에게 시선을 집중시키지 않고 싶은 심정은 이해하지만.

'마침표의 올바른 사용'과 관련해 또 한 가지 중요한 점은 문장의 마무리를 선명하게 할수록 좋다는 것이다. 말을 시작할 때는 크고 선명하게 하다가 끝낼 즈음에는 작은 소리로 웅얼거리는 일이 있다. 문장 단위로든 하나의 논지 단위로든 마무리가 흐릿해서는 안 된다. 셰익스피어의 희곡 제목처럼 '끝이 좋으면 다 좋다'. 말을 마칠 때일수록 자신감 있는, 혹은 우호적인 제스처와 한마디로 기억될 수 있는 마무리가 있으면 좋다. 어느 쪽도 아니라 해도, 선명하게 마지막 문장까지 똑 부러지게 맺는 습관은 지금까지 한 말을 좌우하는 인상을 준다.

정교한 못된 말과
자기반성의 적

장점은 단점으로 통한다. 재치있고 똑똑한 사람들만 가는 지옥이 있다. 거기에는 동료도 없고 친구도 없고 가족도 없다. 당신은 당신이 하는 말을 오로지 메아리로 듣게 될 것이다.

갑자기 분위기가 저주의 서 같은 분위기가 됐는데, 이렇게 타인의 단점에 대해 재치 넘치게 말하기를 즐기는 사람일수록 자기 반성을 유난히 못 하기 때문에 그렇다. 타인은 '그럴 만한 잘못을 했으니까'라고 희화화하면서 자신의 단점을 볼 줄 아는 거울은 가지고 있지 않은 사람들. 신뢰하기도, 오래 어울리기도 어렵다. 당장의 이용 가치는 있을지 모르겠지만 말이다. 최악의 경우는, 당신의 이용 가치가 남들이 하지 않는 '못된 말'을 하는 용도뿐일 때다. 그러게. 다들 머리를 쓰며 산다니까.

세상에는 참 똑똑한 사람이 많아서 다른 사람들이 어떤 것을 '몰라서' 못 하는 줄 알고 기고만장한 모습을 본다. SNS를 할 줄 몰라서가 아니라 하지 않고자 해서 일 수 있고, 자기 PR 역시 마찬가지다. 그런 것쯤이야 하든 말든 무슨 상관이겠는가. 하지만 '못된 말'은 다르다. '못된 말'은 친구들과 자주 쓰는 표현인데, '요청받지도 않았는데 굳이 하고야 마는, 정교하게 구성된 악의적인 말'을 뜻한다. 굳이 그런 말을 왜 하느냐고 항의하면 "틀린 말은 아니잖아?"라는 답이 돌아오곤 한다. 그렇다. 틀린 말은 아니다. 하지만 틀린 말이 아니라고 아무 때나 아무 데서나 해도 된다는 건 아니다. 심지어 악의가 실린 말을 악의가 없어 보이는 어휘를 동원해 그럴듯하게 하면 '사이다'가 된다고 생각하는 게 더 문제다. 요청받지도 않았는데 굳이 좋지도 않은 이야기를 분석적인 척해서 상대방 입을 막을 작정으로 하는 말도 비슷할 때가 있다.

　상대 기분을 상하게 하려고 작정한 악의적인 말은 누구나 할 수 있다. 다만 하지 않을 뿐이다. 우리는 말하는 법을 배워야 하지만 말하지 않는 법도 배워야 한다. 굳이 나쁜 말을 재치까지 뽐내며 보태는 일은 피하자.

우리는 말하는 법을
배워야 하지만
말하지 않는 법도
배워야 한다.

실패를 알고도 전력을 다하는 법

시리즈가 오랫동안 이어지면, 주인공들의 세대교체가 이루어지곤 한다. 맨 처음 나온 영화의 조상이나 후손이 주인공인 후속편이 나오는 식이다. 때로는 중심이 되는 이야기와 캐릭터가 겹치지 않는 작품이 만들어지기도 한다. 〈로그 원: 스타워즈 스토리〉는 제다이가 등장하지 않는 첫 번째 〈스타워즈〉 관련 영화다. 시리즈와 세계관을 공유하지만, 캐릭터를 공유할 때도 있지만, 중심 이야기와는 다른 이야기를 다룬다는 뜻이다.

〈로그 원〉에서 벌어지는 상황은 역사를 정리할 때는 한 문장으로 언급되는 사건이다. 실제 역사가 기록되는 방식이 그렇듯, 키플레이어를 중심으로 굵직한 사건은 〈스타워즈〉 시리즈에서 다루었다. 하지만 본편에서는 언급되지 않는 사람들도 여럿 있다.

주인공 말고도 무수한 사람들이 자신이 믿는 가치를 위해 싸웠을 것이다. 한 문장으로 기록된 사건이 수십만 명의 목숨일 수도, 행성 하나일 수도 있다. 〈로그 원〉은 그렇게 거대한 시리즈에서 스치듯 언급되었던 사건을 위해서 자신의 목숨을 걸고 싸운 사람들을 보여준다. 그것은 허망한 싸움일 수도 있겠지만, 영화를 보는 사람들이 기억한다면, 그 마지막 순간은 승리의 장면으로 남을지도 모르겠다. 시리즈를 계속 따라가다 보면 선과 악을 대변하는 인물들이 처음에는 지금과 달랐다는 사실을 알게 된다. 처음부터 악했던 사람은 없다. 끝까지 선하기만 한 사람도 없다. 상황과 관계에 따라 많은 것들은 변하고 또 변한다.

〈로그 원〉은 〈스타워즈〉 시리즈와 세계관은 같지만 내용상, 캐릭터상으로 독립되어 있고, 분위기로 따지면 다른 작품들보다 어두운 편이다. 주인공이 당연히 승리하겠지, 하는 막연하고 당연한 낙관은 없다. 승리할 가능성이 있기 때문에 싸우는 게 아니라, 이번에 성공 못할지도 모르지만, 끝날 때까지 포기하지 않는 것. 〈로그 원)의 주인공들을 오랫동안 기억하게 되는 이유가 바로 그것이다.

저 사람들은 망해도 괜찮은가 봐?

그런 것이 아니다.

모두가 원하는 결과를 얻을 수 있는 완벽한 해피엔딩은 결단코 불가능하지만 중요한 단 한 가지만큼은 절대 성공해야 한다. 손 놓고 패배하지는 않겠다는 각오. 누군가의 눈에는 어리석은 그런 시도가 판세의 결정적인 변화를 가져오기도 한다. 등을 맡길 수 있는 동료와 같은 가치를 위해 노력하는 일은 그만큼의 가치가 있을 수 있다. 이것은 역사 속 수많은 혁명가들로부터 배우는 절박하고 아름다운 일하기의 이야기. 성공으로 기억되지 못한다고 내가 해낸 일이 사라지는 건 아니다.

포기해야 할 때를
어떻게 알 수 있을까

내가 일을 그만두는 원칙은 단순하다. 일을 지속하려다가 나 자신을 해칠 때. 신체 건강이든 정신 건강이든 그렇다. 하지만 회사에서 하는 일은 이런 기준을 적용시키기가 힘들다. 사표를 내는 수밖에 없을 때가 있기 때문이다. 실제로 그런 이유로 사표를 낸 적이 있긴 하다. 직장인의 망상 속에서는 사표를 반려하며 "자네 같은 인재를 놓칠 순 없네" 같은 전개가 될 듯하지만(그런 일이 없지는 않았다), 세상에 대체 불가능한 인력이 어디 있겠으며 개인의 꿈과 희망을 디테일하게 살피는 조직이 얼마나 되겠는가. 내가 하는 일이 많아서 내가 없으면 조직이 굴러가지 않을 듯한 기분이 들지도 모른다. 하지만 놀랍게도 세상 허술한 조직조차도 핵심 인력 이탈 뒤에도 굴러는 간다. 조직의 무서움은 그것이다.

어쨌든, 크고 작은, 회사 안팎의 일을 하면서 매달릴 때와 포기할 때를 어떻게 분간할까. 앞서 말한 나를 해치는 상황은, 일을 하다가 폭력적인 상황에 노출되거나 자존감을 깎는 상황이 지속될 때를 포함한다. 자존심을 다 버려가면서 일해야 하는 일은 어찌어찌 끝을 낸다 해도 자기 혐오만 남기도 한다. 그러면 언제 포기하면 되느냐. 알 수가 없다. 나는 포기하고 싶은 상황에 포기한 때보다 견디고 버틴 때가 더 많았다. 일을 잘 할 줄 모르는 단계에서 여러 속상하고 자존심 깎는 상황이 겹치면, 결정적 문제가 무엇인지 알기 어렵다. 이럴 때는 다 싫으니 포기할 수도 있지만, 이때 포기하면 다른 일에 도전할 때도 비슷한 단계에서 또 포기하기 쉽다. 일이 어렵거나 손에 잘 붙지 않는 문제라면 포기하기보다는 제대로 하려고 노력하는 편이 좋다.

주니어를 막 벗어난 단계라면 포기할 때인지를 어떻게 판단하면 좋을까? 포기할 때인지 아닌지를 알 방법 중 하나는 지금까지 뭘 했는지를 보는 것이다. 이런 때를 위해서 간단하게라도 업무 일지를 작성하면 좋다. 개인 확인용으로, 새로 시작한 서비스나 팀원의 변동 등만 기록해도 리뷰를 할 때 도움이 되기 때문이다. 별개의 기록을 하지 않아도 주요한 일정을 캘린더 앱에 잘 정리해두기만 해도 된다.

한 달 전, 3개월 전, 6개월 전, 1년 전을 차근차근 살펴보자. 그 시간 동안 포기하고 싶을 정도로 힘든 시기가 얼마나 되는지. 힘들다가 괜찮아졌던 때는 몇 번인지. 이 일이 어려웠지만 성장했다는 기분이 들었던 때는 몇 번인지. 아주 힘들었지만 그 경험 덕분에 다음 단계의 일을 하는 데 도움이 됐다는, 즉 성장하고 있다는 사실이 확인되면 버텨보는 쪽이 나을 수 있겠다. 하지만 1년 전 문제가 전혀 해결되지 않은 상태라면 계속 버틴다고 될 문제가 아닐 수 있다.

버티기도 해야 할 때가 있고 하지 말아야 할 때가 있으니까.

2년 차에서 10년 차까지는 이직이 가장 쉬운 시기다. 참는 것만이 능사는 아니다. 하지만 주변에 아무리 멋진 피드백 인간이 있다 해도 그 결정은 오로지 당신만이 내릴 수 있다.

3

위기 속
빛을 발하는 사람

덜 망하기의 기술

    더 성공하기가 아니다. 덜 망하기다. 살다 보면 이런 기술이 필요해질 때가 온다. 아마도 주식 투자를 해본 사람이라면 '손절 타이밍'을 재면서 이 생각을 할 것이다. 크게 망하지 않고 작게 망하려면 지금이다! 물론 주식에서야 가격이 하락한 주식이라 해도 혹시 모를 가능성을 두고 장기 보유라는 옵션이 있지만, 실수와 잘못 그리고 후회는 장기 보유하면 마음의 병으로 이어지기 쉽다.

    일에 잘못이 있을 때는 빨리 인정해야 한다. 더불어, 가능하면 잘못된 일은 빨리 발견할 수 있도록 방법을 마련하면 좋다. 팀원의 실수는 팀의 실수이기도 한데, 문제가 커질까 무서워서 실수를 덮고 있다가 큰 문제로 이어지기도 한다. 일이 진행되는 과정에서든 일을 마친 뒤 확인하는 과정에서든 문제가 있을 때 주저 없이 말할 수 있는 환경이 우선이다. 피드백은 위에서 아래로 내려가는 게 아니라, 위와 아래가 없이 오가는 것이어야 한다. 그래야 실수를 사전에 발견하거나, 적어도 너무 늦지 않게 발견할 수 있다.

문제가 발견되면 바야흐로 후회가 들어설 차례다. 자학도 좋은 해결책과는 거리가 멀지만, 탓하기는 더 안 좋다. 문제 발생 이후에 본격적으로 모두가 공멸하는 수순이다. 여기부터는 팀 리더의 역할이 더 커진다. 팀 안팎, 회사 안팎으로 문제가 확장되지 않게 하고, 해결책 혹은 대안을 찾고, 그다음에 사고 경위를 파악해도 늦지 않는 경우가 대부분이다. 문제를 파악하자마자 잘잘못을 가리느라 해결책 혹은 대안을 찾지 않고 문제를 방치하면 어떻게 되는지는 굳이 설명할 필요도 없겠지. 팀이 아니라 개인의 단위에서는 조금 얘기가 다르다. 실수를 흔쾌히 인정하는 태도가 실수를 반복하지 않는 결과로 이어져야 한다.

사람마다 '좋은 팀'에 대한 정의가 제각각일 것이다. 나는 문제 앞에서 잘 뭉쳐 해결책을 찾지만, 서로의 개별성을 존중해주는 팀이 제일 좋다고 믿는 편이다. 이상적인 팀을 누구나 원하지만 대체로는 서로가 원하는 이상이 다른 사람들과 한 팀에 소속해 일하게 된다. 그래서 크게 망하지 않으려면, 경청하는 태도와 두려움 없는 태도가 둘 다 필요하다. 협업할 때는 경청해야 순조롭지만, 문제를 지적할 때는 두려움이 없어야 지를 수 있다. 이상적으로는 그렇다.

실수보다
실수한 다음이 더 중요하다

내가 쓴 글쓰기 책 제목은 '처음부터 잘 쓰는 사람은 없습니다'이다. 세상에는 글을 잘 쓰는 사람이 참 많고, 내가 일을 처음 시작하던 시기에 회사 선배들은 대부분 글을 잘 쓴다는 말을 듣는 사람들이었다. 나는 그런 사람 중 하나가 아니었다. 심지어 나는 덤벙거리는 성격이어서, 꼼꼼하게 처리해야 하는 편집 업무에는 잘 맞지도 않았다. 일이 느는 속도도 더뎠다. 실수도 잦았다.

그래서 실수를 어떻게 극복했을까?
극복이 안 된다.

일을 배우는 입장일 때도 그랬지만, 일을 가르치는 입장이 되고 나면 더 잘 알 수 있다. 실수를 해놓고 정작 실수한 당사자가 대범하게 실수를 넘기고 또 같은 실수를 반복하면 모두가 괴롭기만 하다. 그렇다고 주저앉아서 자학하고 있으면 그 역시 발전이 없다. 실수는 실수다. 그냥 쉽게 넘겨서는 배우지 못한다.

문제는 실수가 이어지면, 스스로의 실력과 재능에 대한 확신을 도통 가질 수가 없다. 내가 2년차 때까지 가장 많이 선배들에게 한 질문은 이것이었다.

"저는 이 일에 재능이 없는 것 같은데 빨리 그만두고 다른 일을 찾아봐야 될까요?"

실수를 극복하게 된 경위는 거칠게 요약하면 일을 잘하게 된 것이다.

일을 처음 배우는 사람들은 다 실수를 하는데, 요즘에는 다들 업무 역량을 회사 밖에서 다양한 수업들을 통해 익히고 일을 하기 때문에, 시작하는 단계에서 이미 어느 정도 완성된 사람을 많이 보게 된다. 완벽하게 하려고 처음부터 노력하고, 그 노력이 실효를 거둘 때도 있다 보니 오히려 오래 일하기 어려워지기도 한다. 한번 실수하면 그대로 무너져버리는 것이다. 하지만 연차가 낮을 때에는 실수를 할 수밖에 없다. 실수를 반복하지만 않아도 대단한 일이다. 참고로 말하자면, 시니어도 실수를 한다. 그 실수는 더 큰 손해를 불러온다. 하지만 실수를 한다고 모든 게 끝나는 것은 아니다. 잘 수습하면, 오히려 신뢰를 얻기도 한다.

실수를 했다면 감추는 대신, 보고 라인에 있는 상사에게 얼른 상황을 알리는 게 피해를 최소화할 수 있는 일이다. 그리고 가능하면 같은 실수를 반복하지 않도록 노력하면 된다. 실수를 반복하지만 않아도 업무 능력은 빠르게 성장한다.

기업체에서 '일하는 글쓰기'를 내용으로 강의를 할 때, 내가 가장 강조해서 이야기하는 대목은 '사과문 작성'이다. 최근에는 기업체의 입장문이나 사과문이 SNS에서 조목조목 비판받는 걸 보게 되곤 한다. 실수는 있을 수 있지만, 무엇이 잘못되었는지 정확히 알고 대책을 세우고 재발 방지를 약속하는 일은 중요하다. 이 '수습 과정'이 적절할 때 오히려 이전보다 더 단단한 믿음으로 이어질 수 있다. 실수한 사실에 당황해서 실수를 숨기지 않도록 노력하기. 그게 모두가 실수에 매몰되지 않고 발전할 수 있는 비결이다.

　그렇다는 것은, 시니어 입장에서 주니어의 실수에 대해 대범한 접근 방식을 택해야 한다는 말이기도 하다. 이미 엎질러진 물을 두고 시니어가 시시콜콜 화를 내고 트집을 잡으면, 이후 같은 실수가 또 발생했을 때 주니어는 시니어를 신뢰해 서둘러 보고하는 대신 시간을 끈다. 수습할 기회를 갖지 못한 채 덩치를 불리는 실수야말로 실패로 가는 지름길이다.

크게 망하지 않으려면,
경청하는 태도와
두려움 없는 태도가
둘 다 필요하다.

안될 일을 알아보는 법

누구나 일을 할 때는 잘되라고 한다. 일부러 망하려고 하는 사람은 없다. 음, 솔직히 말하면 망하라고 하는 사람을 본 적은 있다. 인간의 어둠이란 절대 만만하게 봐도 될 성질의 것이 아니다. 내가 같이 망하더라도 남을 망하게 하려고 작심한 사람들도 있기 마련이다.

한 번은 이런 일이 있었다. 어떤 일을 시작하는 단계에서 몇 번 일이 반복해 꼬였다. 담당자가 바뀌고, 그러는 동안 그 일에 대한 확신도 흔들렸다. 이렇게 시작도 전부터 꼬이는 일이라면 나중에 어떻게 될지 알 수 없는 일 아니겠는가? 다만 그 일에 연관된 사람들 전원을 신뢰할 만했다. 그럼에도 불구하고, 이렇게 꼬이니까 더 의욕이 안 생긴다는 관련자의 말에 따라 일을 하지 않게 되었다. 그런 뒤 얼마 지나지 않아 핵심 관계자 한 사람이 퇴사했다는 소식을 들었다. 아무래도 그때 그만 두기를 잘했다고 생각했다.

이렇게 '초반부터 일이 꼬인다' 싶은 상황은 '안될 일'의 징조로 받아들여진다. 거기서 그만두면, 실제로 일을 진척시켰을 때 어떻게 되었을지를 알 방법은 없 다. 일이 어그러졌을 때 돌이켜보면서 '그때 그 일을 그 만뒀어야 했는데'라고 생각할 때도 있다.

또 다른 경우도 있다. 웹소설 〈세이렌: 악당과 계약 가족이 되었다〉의 설이수 작가님과 트위터 스페이스를 진행하던 때 들은 말에 따르면, 〈세이렌: 악당과 계약 가족이 되었다〉는 다른 작품보다 유달리 제목을 정하 는데 어려움이 있었다고 한다. 심지어 연재를 시작하고 도 〈악당과 계약 가족이 되었다〉에서 〈세이렌: 악당과 계약 가족이 되었다〉로 고쳤다고. 〈세이렌〉은 카카오엔 터테인먼트가 글로벌 시장을 겨냥한 '슈퍼 웹툰 프로젝 트'를 재개하면서 배우 이준호를 모델로 한 광고 영상 을 찍은 첫 작품이다. 원작 소설도, 소설을 바탕으로 한 웹툰도 밀리언페이지에 올랐다. 좋은 제목이 한번에 떠오른 작품도 인기를 얻었지만, 처음 떠올린 제목이 순탄하게 최종안이 되지 않아도 큰 성과로 이어질 수 있다는 이야기.

잘될 일은 한번에 되지 않나? 자꾸 뭐가 변동이 있으면 안 좋지 않나? 그런 생각을 하기보다는 바뀐 상황을 디폴트로 생각하고 현재에 집중하는 편이 좋은 결과로 이어질 때가 많다.

잘될 일을 미리 알아보기는 어려워도, 안될 일을 알아볼 수는 있다.

잘되는 일은 수없이 많은 행운과 실력의 우주적 결합으로 가능해진다. 성공이 거대할수록, 성공 요인을 한두 마디로 요약할 수 있는 경우를 나는 본 적이 없다. 분석하는 사람마다 다 다른 얘기를 하는 극적인 성공 사례는 여러 번 본 적 있다. 성공한 이유는 그만큼 복합적이라는 뜻이다.

망한 일도 비슷하기는 하다. 하지만 일에 연루된 '나'의 입장에서 문제가 무엇인지는 정확하게 파악하기 위해 노력해야 한다. 안된 일의 이유 중에는 나와 상대의 불명확한 커뮤니케이션, 과장된 성공에 대한 예언적 확신 등이 포함된다. 분명한 사실은 이 '촉'을 키우는 유일한 방법은 여러 번 망해보는 것이다. 실패할 때마다, 이 실패가 언제부터 예측되었는지를 돌아보는 리뷰를 혼자서라도 해보는 습관을 갖자.

실수를 반복하고 싶지 않다면 계획 세우기보다 결과 리뷰가 중요하다.

'다 지나간다'를 믿자

어떤 사람은 사과를 너무 잘 해서 문제고, 어떤 사람은 사과를 너무 안 해서 문제다. 대체로 사회적 지위가 자기보다 높다고 판단하는 사람에게는 사과를 금방 하고, 낮다고 판단하는 사람에게는 사과를 하지 않으려는 경향이 있는 듯하다.

당신이 사과를 너무 잘 하는 사람이라면 이 사실을 명심하자. 당신의 잘못이 아닌데도 무조건 "죄송합니다"라고 말을 시작하는가? 그것이 문제에 대한 당신의 '책임'을 인정하는 것일 수 있다. 문제가 어떤 부분에서 있었는지를 먼저 한번 생각하고, 그다음에 사과해도 늦지 않다. 당신이 사과를 제때 하지 못하는 사람이라면? 사과는 벌이 아니다. 너무 요란하게 생각할 것 없다. 잘못이 명확한 상황에서조차 인정하지 않는 사람은 신뢰

를 얻기 힘들다. 책임질 일은 책임지고 다음으로 나아
가라.

    좋은 일도 나쁜 일도 영원하지 않다. 이 사실이 때로
는 위안이 되고 때로는 슬픔이 된다. 잠깐 성과가 좋아
서 우쭐했다가 큰 사고로 이어지는 일은 얼마나 흔한
가. 이제 막 이름을 얻은 사람이 갑작스럽게 터진 과거
사건으로 몰락하는 일 역시 마찬가지다. 그와 반대의
경우도 있다. 좋고 나쁨에 휘말리지 않고 늘 꾸준한 사
람이 만년에 성공을 거둘 때, 다들 진심에서 우러나는
박수를 치는 모습을 보게 되기도 한다.
    타인의 커리어를 보면서 평가하기는 쉽지만 내가
어느 쪽이 될지를 알기는 어렵다. 나 자신에게는 만족
스럽지 못한 커리어일지언정 지금이 전성기라면? 지금
이 딱 좋은데 이제 내리막만 남았다면? 언젠가 대성하
는데 지금처럼 20년 정도는 더 고생해야 한다면? 그 사
실을 알아도 힘든데 한 치 앞을 보지 못하는 상태에서
최선을 다해야 한다니 이만저만 어려운 일이 아니다.

    나의 커리어 목표는 단순하다. 나는 가능한 한 오래

일할 수 있기를 바란다. 파도가 칠 땐 파도를 타고, 파도가 없을 땐 물에 빠지지 않도록 노력하며 다음 파도를 기다린다. 어떤 파도는 너무 거세기 때문에 타기가 어려울 테고, 어떤 파도는 나를 위해 만들어진 듯 나를 사뿐히 들어 옮길 것이다. 그 모든 파도는 한 번뿐이고, 결국은 모두 지나간다. 일희일비하지 않고 노력한다면, 잔잔한 바다에서도 높은 파도에서도 물에 빠지지 않을 수 있을지도 모른다.

그 모든 파도는 한 번뿐이고,
결국은 모두 지나간다.
일희일비하지 않고 노력한다면,
잔잔한 바다에서도 높은 파도에서도
물에 빠지지 않을 수
있을지도 모른다.

피드백은 '누구'로부터 오는지가 중요하다

나는 글쓰기 수업을 10년 정도 진행하고 있다. 에세이 쓰기, 리뷰 쓰기, 일하는 글쓰기 등 분야는 다양한데, 글쓰기 수업에서 종종 접하는 질문이 하나 있다.

"책을 함께 읽고 글을 쓰는 작은 모임을 하고 있습니다. 서로의 글을 읽고 합평하는 시간을 갖는데, 처음 몇 번을 제외하고는 글이 나아지는 것 같지가 않습니다."

얼굴을 알고 지내는 데다 정기적으로 만나기까지 하는, 애매한 사교의 범주에 있는 사람에게 굳이 듣기 싫은 말을 하는 사람은 거의 없다. 다른 사람들이 적당히 "재밌었어요" 정도의 말만 한다면 그 분위기에 묻어가게 되는 일도 흔하다. 그 모임의 사람들 중에 글을 읽고 고치는 일을 직업으로 삼았거나 훈련을 받은 사람이 있다면 모르겠지만, 서로 비슷한 사람들끼리 느슨한 마음으로(즉 데뷔를 목적으로 한다든가, 책을 내려고 준비한다는 등의 목표가 없이) 분량을 채워 글을 쓰고 그것을 서로 읽어준다면 덕담 일색의 피드백이 되기도 한다.

지인 A가 쓴 글 한 편이 많은 사람에게 공유되었다. A는 많은 사람으로부터 온갖 반응을 받게 되었는데, 인스타그램으로 DM도 여럿 받게 되었다. 모르는 계정에서 온 DM. 미리보기로 볼 수 있는 내용은 칭찬 일색이다. 그래서 클릭해보면 미리보기로 볼 수 없는 부분에 온갖 기분 나쁜 말이 적혀 있었다. DM을 열어보게 만들기 위해 몹시 애쓴 것이다.

나는 피드백의 중요성을 믿는 사람이다. 하지만 아무의 피드백이나 구하지는 않는다. 결과를 수정하기 위한 피드백일수록 그렇다. 그의 판단을 내가 신뢰할수록 피드백은 힘을 발휘한다. 부정적인 피드백일수록 상대를 신뢰해야만 실천할 수 있다. 당연한 말 아니겠는가? 그래서 피드백을 구할 때는 상대의 조언을 믿겠다는 각오를 했을 때다. 기껏 조언을 구한 뒤 칭찬이면 듣고 비판이면 무시하는 패턴을 반복하고 있지는 않은가? 그

정도 느슨한 생각으로 다른 사람이 판단하고 숙고하고 말을 고를 시간을 빼앗아서는 안 된다. 그렇기 때문에 나 역시 다른 사람에게 피드백을 요청할 때 심사숙고한다. 어떤 비판이든 제대로 들을 각오부터 하는 것이다. 피드백을 할 때도 신중하기 위해 노력한다. 의미 있는 말을 하기 위해서.

당신이 피드백을 필요로 하는 어떤 일을 하고 있다면 당신에게 도움을 줄 수 있는 신뢰하는 이들의 풀을 만들어라. 해당 분야의 전문가라면 가장 좋겠다. 그게 아니라 해도 당신이 의견을 구하는 자료를 신중하게 읽을 사람, 설명을 진지하게 들을 사람이어야 한다. 그가 답을 주지 않는다 해도, 당신은 신뢰하는 이에게 차근차근 설명하는 과정에서 이미 답을 얻게 될 가능성도 높다.

그러나 최종 결정은 당신의 몫이다. 무조건 받아들여야 하는 피드백은 없다. 결과에 대한 책임은 당신에게 있다. 성공이 당신의 것이듯 실패 역시 그렇다.

그것은 그 사람의 일이다

두 가지 뜻이 있는데 둘 다 중요하다.

첫째. 그 일은 그의 책임이고 그가 할 업무지 당신이 걱정할 문제가 아니다. 당신이 일을 마무리해 넘긴 때부터 공은 이미 넘어갔다. 거꾸로 말하면, 다른 사람이 자신의 일을 마무리해 당신에게 넘긴 순간부터 당신은 당신이 할 일을 해야 한다. 내가 일을 해야 할 때 남 탓만 하거나, 남이 일을 해야 할 때 불안해한다면 심력 낭비다. 협업할 때는 특히, 맡은 일을 각자 잘 하는 것으로 충분하다.

둘째. "그 일은 내가 했어야 했는데"라고 생각할 때가 있다. 당신과 비슷한 포지션에서 일하는 이를 보면서, "그 일은 내가 했어야 했는데" 하는 것이다. 보스가 그 사람을 예뻐해서, 그 사람이 클라이언트의 친구라서… 능력은 내게 있지만 어쩌다가 남에게 기회가 간 일을 생각하다 보면 스트레스가 밀물처럼 차오른다. 직장인이든 프리랜서든 이런 감정에 빠져들어 쉽게 헤어나지 못하는 일을 자주 본다. 나 역시 이런 생각에 빠질 때가 있다. 답은, 그것은 그 사람의 일이다. 당신이 아닌 그가 일을 하게 되었다고 당신이 판단한 이유는 맞을 수도 있고 틀릴 수도 있다. 이유는 중요하지 않다. 결국 그건 그 사람의 일이 되었다. 그 일에 적합한 능력을 판단하는 기준이 보스와 당신이 꼭 같으리라는 보장은 없다. 당신의 생각이 틀렸을 수도 있다. 설령 당신이 맞다 하더라도, 이미 그 일은 그가 하게 되었다. 원망과 원한을 쌓지 말고 내 일을 하자. 그것은 그 사람의 일이다.

팀웍에 대한 환상

일한 시간이 쌓이다 보니 '환상적인 팀웍'에 대한 환상을 자주 접한다. 그것은 내가 엔터테인먼트 업계, 문화계와 연관된 일을 해왔기 때문에 더욱 그런 듯하다. 요는 팀웍을 보면 일이 잘될지 여부를 알 수 있다는 것이다. 성공한 작품의 팀웍이 좋다는 그런 주장. 성공을 거둔 팀은 팀웍이 좋으리라는 추측.

옳은 말이기도 하고, 틀린 말이기도 하다. 성공한 팀 가운데 팀웍이 좋은 경우도 있고 반대로 엉망인 경우도 있다. 전설적인 성공을 거둔 작품의 팀웍이 전설적으로 좋은 예를 나는 몇 알고 있지만, 그 반대의 경우는 훨씬 많이 알고 있다. 제작진이 작품 공개 직전까지, 이렇게 엉망으로 야단법석을 떨며 찍은 작품이 잘될 리가 없다고 말이 많다가 정작 작품은 대박이 난 사례를 적지 않게 봤다. 팀웍은 팀웍이고 성과는 성과이며, 어떤 성공은 과정의 문제를 잊게 만드는가 하면, 아무리 성공해도 과정에서 이가 갈려서 다시는 속편이고 뭐고 하기 싫게 만드는 일도 있다. 과정이 아름다워서 모두가 작품의 성공을 응원했지만 결과가 처참한 사례도 적지 않다.

성과는 커리어가 되고 과정은 그저 팀에 참여한 이들의 마음에 남을 뿐이다. 프로페셔널이란, 과정이 지난했다고 해서 뒷말을 아무렇게나 옮기지 않는 이들이기도 하다. (물론 그들도 뒷말을 한다. 다만 공식적으로 그런 이야기를 함부로 하지 않는다는 뜻이다.)

일을 하는 과정이 순탄하고, 결과는 크고 아름답기를 우리는 기대한다. 실무를 하다 보면 일을 하는 과정은 엉망이고, 있던 일이 없어지고, 예정에 없던 일을 해내야 하며, 결과는 오리무중이다가 예상보다 실망스러울 때가 발생한다. 그런들 어쩌겠는가. 우리는 계속 일을 해나가야 한다. 좋았네 싫었네, 누가 어쨌네 하는 말에 매달려서 시시비비를 가려 나는 죄가 없음을 토로해

봐야, 제삼자가 보기엔 다 한 팀이다.

팀은 성공도 실패도 공유한다. 어쩌면 팀 내부의 화합 여부가 결과물에 영향을 미치지 않는 팀이야말로 이상적인 프로페셔널의 조직일지도 모른다. 일을 위해 모인 이들의 목표는 제대로 일을 완수하고 성과를 내는 쪽이지 친하게 지내거나 서로를 좋아하기가 아니기 때문이다.

"성공은 당신 자신을 좋아하고, 당신이 하는 일과 그 일을 하는 방식을 좋아하는 것이다."

2014년에 세상을 떠난 《새장에 갇힌 새가 왜 노래하는지 나는 아네》의 작가 마야 안젤루가 말한 성공이다. 나는 이 말이 정말 멋지다고 생각한다. 개인의 삶에서 성공이란 이런 가치를 반드시 포함해야 한다. 하지만 실무란, 적의 시체를 넘고 아군의 시체도 넘고 내 시체를 아군과 적군이 넘어, 모르는 사람 눈에 그럴듯한 꽃밭을 만들어내는 일이다.

⊕ 원론은 그러하지만, 나는 일하는 과정이 중요하다고 믿는다.

결과는 예측불허지만 과정은 만들 수 있으며, 결과가 안 좋을수록 망한 팀웍이 개인에게 미치는 악영향은 파괴적일 수 있기 때문이다.

성공은 많은 문제를 감춘다

앞선 글에서 나는 팀웍이 꼭 좋지 않아도 성공하는 사례가 적지 않음을 말했다. 그러면 "끝이 좋으면 다 좋다"라고 보면 될까? 그렇지 않다. 과정이 좋지 않은 성공은 많은 문제를 감춘다. 사람들은 잘못된 판단과 엉망인 리더십 등에도 불구하고 결과가 좋으면 결국 틀린 결정들이 옳은 결정이었을지도 모른다고 잘못된 믿음을 갖게 된다.

가장 나쁘게는, 과정의 불투명함이나 폭력적인 면까지도 성공에 필수적인 듯 받아들이는 이들이 있다. 누군가의 희생이 불가피하다고 받아들인다. 그래서 거대한 성공은 때로 결국 다음번에 거대한 재앙이 되기도 한다. 개선 가능했던 문제들을 곪을 때까지 방치하게 만드는 것도 성공이다. 큰 성공일수록 큰 문제들을 능숙하게 은폐한다.

물론 대체로 우리는 잔잔하게 망해가고 있지만 말이다.

어떤 성공은 과정의 문제를
잊게 만드는가 하면,
아무리 성공해도 과정에서 이가 갈려
다시는 하기 싫게 만들기도 한다.

기존의 관계가 전복될 때

나는 나보다 경력이 짧은 대표, 편집장과 함께 일한다. 나는 그들의 능력을 존중할 뿐 아니라 인간적으로도 존경하는 마음을 갖고 있는데, 가끔은 연차만 따져서 내가 어떤 자리에 가야 한다고 말하는 사람들을 만나게 되기도 한다. 나는 그런 생각은 해본 적이 없는데, 내 강점과 그들의 강점이 다르기 때문이다. 커리어에서 원하는 것도 다르다.

모두가 나 같지는 않으리라 생각한다. 기존의 상하 관계가 갑자기 내가 원치 않던 방식으로 전복되어 심적 어려움을 겪는 사람도 있을 수 있다. 특히 50대를 넘겨 이런 일을 겪는다면 많은 이들은 '회사에서 나가라는 신호인가?'라고 받아들이기도 한다.

난처한 상황에 처했을 때, 복잡하게 생각하는 일은 그만두는 편이 좋다. '나가라는 신호'를 알아서 읽고 혼자 고민하지 말 것. 당신이 최악의 상황에 닥쳤다면 진짜 '나가라는 말'을 듣게 될 것이다. 왜 듣지도 않은 말을 앞서 고민하는가? 그런 고민을 하면서 누가 위네 아래네 경력이 누가 더 많네 하는 생각을 하고 있으면 정말 나가라는 말이나 듣게 될 것이다.

나는 경력이 많은 사람이 늘 일을 잘한다고는 믿지 않는다. 몇 년 더 일했다고 모든 일을 잘한다고는 더더욱 믿지 않는다. 그렇지 못한 사람을 너무 많이 봐 왔다. 그렇다고 해서 조직이 능력 순으로 고용을 유지하고 매년 일정 정도의 저성과자를 계속 쳐내야 한다고는 더더욱 생각하지 않는다. 조직이 낡고 늙지 않으면서 노련미를 갖출 수 있는 방법 중에는 연차에 연연하지 않는 인사 고과 시스템이 필요하다. 이런 일이 가능해질 때 고연차의 사람도 경력을 살린 취직과 이직이 가능해질 것이다.

업무에 따라 연차는 아무것도 아닐 때도 있다. 지금 할 수 있는 일을 하자. 제대로. 부당한 좌천형 인사라면 얘기는 또 달라질 테지만, 연차에 걸맞은 대접을 원한 당신 혼자의 억울함을 호소하고자 한다면 들어주는 사람을 찾기는 어려울 것이며 당신의 다음 자리 또한 마찬가지일 것이다.

기존의 관계가 전복되면서 지금까지 믿음직한 동료였던 사람이 더 높이 날아오르는 모습을 보면 즐겁지 않겠는가? 위와 아래에 연연하지 말고 든든한 동료로 함께하는 방법을 생각해보자.

질투 혹은 신뢰의 도약

건강한 마음이란 무엇일까. 오로지 햇살뿐으로, 그림자도 없고 격랑도 일지 않는 것일까. 하지만 영원히 떠 있는 태양은 없을뿐더러, 햇살이 가득한데 그림자가 지지 않을 방법을 나는 알지 못한다. 질투에 대한 나의 이야기는 여기서 시작한다.

삶에서 욕심내는 것이 많을 때 우리의 시야는 좁아지곤 한다. 《표준국어대사전》은 '질투'를 이렇게 정의했다. "다른 사람이 잘되거나 좋은 처지에 있는 것 따위를 공연히 미워하고 깎아내리려 함." 여기에는 긍정적으로 해석할 틈이 전혀 없다. '공연히' 타인을 미워하는 사람의 얼굴을 본 적 있는가. 얼굴의 본 생김과는 관계없이, 마음 어딘가로부터 어두운 마음이 어쩔 줄 모르고 비집고 나오는 인상이 되고 만다. 타인의 불행에 기뻐하는 얼굴, 걱정하는 척하면서 신난 얼굴. 아마도 그게 평범한 질투의 얼굴이리라. 그것은 나 역시 바라지 않는다. 그런데 '질투'라는 것은 사랑하는 대상이 (내가 아닌) 다른 이를 좋아할 때 생겨나는 마음이기도 하며, 내게 이 감정은 타인의 얼굴을 한 가장 이상적인 나와 현실의 내가 부딪힐 때 생겨나는 정동(情動)이다.

　나는 좋아하는 사람들만을 질투의 대상으로 삼는다. 내가 가질 수 없는 장점을 가진 사람 곁에 있고 싶어 한다. 다만 나의 질투가 《표준국어대사전》의 정의와 다른 점이 하나 있는데, 나는 다른 사람이 잘되거나 좋은 처지에 있는 것이 좋다. 농담 반 진담 반으로 내 주변에 있는 사람들은 다 잘된다고 이야기하곤 하는데, 친구들이 얻은 좋은 기회를 붙잡으라고 적극적으로 권유하는 사람이 나다. 신기하게도, 이직이나 (새로운) 학업 같은 '좋은' 기회들은 일견 '낯선' 도전이어서 일인칭으로 보면 망설여지는 일이 적지 않지만 삼인칭으로 보면 "당장 잡아!"일 때가 있다. 내 일일 때도 그렇다. 친구가 일인칭으로 고민할 때 나는 삼인칭으로 부추기는 셈이다. 그런 결정들이 늘 좋은 결과로 이어지는 것을 봐왔다. 아, 이쯤에서 얘기해야겠다. 똑같이 "도전!"을 외치는 경우도, 일과 사랑은 같은 패턴으로 풀리지 않는다. 일과 관련된 도전은 실패한 것처럼 보이는 때조차 얻는 것이 있는데, 사랑에 대해서도 같은 말을 할 수 있는지는 모르겠다. 사랑만큼 삼인칭 시점의 조언이 헛된 경우는 또 없으니까.

내가 질투하는 대상이 주변에 많다는 것은 나의 오랜 자랑이다. 늘, 나보다 뛰어난 사람들이 주변에 많았다. 지금도 그렇다. 인간이란 무척 복합적이기 때문에 어느 한 가지로 그를 평가할 수는 없어서, 심지어는 내가 인간적으로 싫어하는 사람마저도 나보다 뛰어난 부분을 갖추고 있을 때가 있다.

내가 타인에게 가장 부러워하는 자질을 꼽으라면 아마도 사교성일 것이다. MBTI식으로 말하면 I말고 E형 인간. 어렸을 때부터 나는 아주 가까운 극소수의 친구들을 제외하면 폭넓게 친하게 지내는 편이 아니었다. 사람들과 어울리며 새로운 일을 기획하는 경우가 없지 않지만, 나와 동류의 사람들을 편하게 느껴왔을 뿐으로, 모르는 사람들과 어울리며 새로운 인연을 늘리는 일은 거의 없다시피 했다. 예외가 있다면 20대 때 정도였던 듯하다. 직장생활을 시작하고 나서는 일을 마친 뒤 여러 술자리에서 사람들과 어울리게 되었고, 그때는 친하고 아니고에 신경을 쓰지 않고 어울리려고 노력했다. 하지만 사교적이려고 노력하는 사람과 사교적인 사람은 꽤 차이가 있구나를 알게 된 계기이기도 했다.

10년 전에 여럿이 있는 자리에서 한 번 만나고서도 그 일을 기억하고 사람 얼굴을 알아볼 수 있는 사람, 이름을 기억할 수 있는 사람이 되고 싶었다. 사람 이름을 기억하는 것도 얼굴을 기억하는 것도 내게는 늘 너무 어렵기만 해서, 누군가가 인사를 하면 그때부터 절망적으로 머릿속을 뒤지며 기억을 끄집어내기 위해 애쓰곤 했다. 얼마 전에는 교육 프로그램 녹화를 하러 갔다가 4년쯤 전에 함께 커피를 마신 적 있는 분이 그날을 기억하느냐며 인사를 건네 당황한 적이 있었다. 설명을 듣고서야 나는 간신히 그날의 일을 기억할 수 있었다. 하지만 기억을 했을 무렵에는 꽤 시간이 지난 뒤여서, 그분이 했듯이 만나자마자 반갑게 추억을 주고받는 일을 할 수가 없었다. 한두 시간 커피를 마시면서 얘기했으니 추억이라고 부를 것까지는 없다고도 볼 수 있지만 그래도 함께 앉아서 시간을 보냈는걸. 그렇게 기억을 끌어올릴 수 있는 시간적 여유가 있으면 그나마 다행이지만, 다른 회사에 갔다가 엘리베이터에서 "아! 이다혜 씨 오랜만이네요!"라며 말을 걸어오는 사람과는 혼란 속에 스쳐 지나가는 일도 있다.

네트워킹을 잘하는 사람을 살펴보면 자기가 네트워킹을 한다고 생각하지 않을 때도 많다. 이런 사람을 나는 영원히 부러워할 것 같다. 그냥 좋은 대로 사람을 만나 어울릴 뿐인데 결과적으로는 엄청난 관계와 기회로 이어지는 식이다. "소개해줄까?"라는 말을 듣고 받아들이는 일이 절반, 피하는 일이 절반인 내게 사교적인 친구들은 질투와 부러움의 대상이지만 그들의 장점을 흔쾌히 받아들이고 가능하면 그런 자질을 배우고 싶다고 생각한다.

사교의 제왕들과 있을 때는 이런 식이 된다. 같이 식사를 하러 갔다. 누군가가 와서 인사를 건네고, 나도 소개를 받고, 어느새 일행이 늘어나 있다. 문제는 내가 이럴 때 굉장히 삐걱거리기 때문에, 나를 잘 아는 사람일수록 낯선 사람과의 동석을 피하게 해준다. (그게 좋은 일인지는 수수께끼로 남을 듯하다. 나는 나이를 먹을수록 점점 더 내게 익숙하지 않은 방향으로 삶을 꾸려가도록 노력해야 한다고 생각하고 있기 때문이다. 해가 갈수록 안주하기는 쉽고 모험할 기회는 줄어든다. 그래서 안전망 밖에 존재하기 위해서 더 적극적으로 노력해야 한다는 마음을 갖게 된다. 마음이 그렇다는 것이고 실제의 나는 점점 더 안전지대에 있고 싶어 한다.)

사람의 삶은 삼인칭으로 볼 때는 알 수 없는 국면들로 가득하다. 아무리 오래 함께 일한 동료라 해도 그가 일을 하면서 겪는 어려움을 내가 다 알 수 없고, 때로는 내가 그의 '어려움'의 근원일 때도 있다. 가장 친한 친구도 마찬가지다. 서로 일상을 시시콜콜하게 주고받으며 지내도, 마음먹고 이야기하기 전에는 진짜 고민이 무엇인지 모른 채 긴 시간을 보내는 일이 적지 않다. 그러니 타인의 삶에 대해서라면, 그가 말로 다 하지 않은, 겉으로 보이지 않는 고충이 있다고 생각하면 질투가 마음을 상하게 하는 일을 피할 수 있다. 나는 내가 가지 않은 길을 씩씩하게 가는 모든 사람을 질투의 눈으로 바라본다. 동시에, 그가 말하지 않은 어려움을 내가 모른다는 이유로 과소평가하지 않는다.

때로는 내가 질투하는 대상을 따라가려고 노력하는

과정에서 성장하기도 한다. 나는 일할 때 속도를 중시하지만, 속도를 신경 쓰지 않고 완성도를 높이려고 노력하는 이들을 존경한다. 특히 창의적인 일을 하는 사람들에게 집요함은 큰 장점이 된다. 적당한 선에서 일을 마무리하고 안주하려는 마음을 누르는 자질 말이다. 이렇게 해야 한다, 저렇게 하면 좋다는 조언이 세상에는 넘쳐나지만, 타인에게 잘 맞는 방법이 내게도 잘 맞는다는 보장은 없다. 타인의 경험은 참고가 되기는 하지만, 내가 직접 시행착오를 거쳐보기 전에는 그 답을 알 수 없다.

타인을 있는 그대로 인정하고, 나를 있는 그대로 인정하면, 질투는 상처가 되지 않을 수 있고, 나 역시 성장할 수 있다. 질투하는 마음은 (의식적이든 아니든) 비교하는 마음에서 생겨나는데, 비교하지 않는다면 오늘의 나는 어제의 나보다 나아지기 어렵다. 하지만 질투하는 마음에 사로잡히면 타인의 장점을 있는 그대로 보는 대신 깎아내리려는 비겁한 마음으로 가득해진다. 그 둘 사이에서 균형을 잡도록 노력할 뿐이다.

내가 타인을 질투하는 부분들은 내가 되고 싶은 가

장 이상적인 나와 현실의 나 사이에 존재하는 공백이라고 받아들인다. 사교성과 더불어 내게 없는 능력은 무모함이다. 무모함은 결과를 생각하지 않는다는 뜻으로 부정적인 방향으로 해석되는 특징을 갖고 있지만 어떤 순간들에는 그렇게 결과와 무관하게 지르지 않으면 도약하기 어렵다. 돌다리를 두들기다가 그만 내가 내 풀에 지쳐버리는 식이 되어버려서다.

　누구나 '신뢰의 도약'이 필요한 시기를 겪는다. 나를 믿든 남을 믿든 눈 딱 감고 한발 크게 내디뎌야 하는 순간 말이다. 길이 보이지 않았는데, 분명 허공이었는데, 발을 디딘 순간 그 아래에 흔들리지 않는 다리가 있을 때가 있다. (물론 허공일 때도 있다.) 허공만 보면 왔던 길을 돌아가거나 그 자리에서 맴도는 수밖에 없다. 지금까지의 나를 믿고, 손을 내민 사람이 보여주는 기회를 믿고, 때로 가까운 사람들의 반대를 무릅쓰더라도 도전하는 일이 내게는 거의 없다. 무모할 정도의 용기가 없는 쪽인지, 무모할 정도의 열정이 없는 쪽인지가 내게는 늘 숙제와 같다. 그래서 도전하는 사람을 응원하게 된다. 내가 하지 못한다 해도 응원하는 마음에는 변함이 없다.

나는 언젠가 좋아 보이는 제안을 거절한 적이 있다. (한 번도 아니고 몇 번 있다.) 언젠가는 10년쯤 전에 내가 거절한 기회를 잡아 지금까지 그 포지션에서 일하는 사람을 만났다. 행사장 한쪽에서 그분이 명함을 건네며 인사를 했는데, 나도 그분도 과거에 같은 포지션에 제안받으며 얽힌 일을 기억했다. 그래서 그분을 질투했느냐 하면 그렇기도 하고 아니기도 하다. 나는 그 자리가 나보다는 그분에게 더 잘 어울린다고 (그때도 생각했고 지금도) 생각한다. 그분은 그 자리에서 최선을 다하며 일해왔고, 나는 내 자리에서 최선을 다하며 일해왔다. 지금의 내가 내 마음에 흡족하지 않은 면이 있다면 그 것은 지금의 내 문제일 뿐으로, 자기 자리에서 최선을 다하는 타인의 문제는 아니다.

질투는 안전지대에 고여있으려는 내 욕망을 환기시키는 역할을 한다. 그래서 꼭 친구나 동료처럼 가까운 사람이 아니어도, 사적 관계가 없는 유명인이라 해도 질투하는 감정으로 바라볼 때가 있다. 재미있는 소설을 읽을 때, 나는 질투한다. 이야기를 만들어내 다른 사람들의 마음을 움직일 수 있는 재능이 부럽다. 딱 맞는 순간에 좋은 투자를 잘하는 사람을, 나는 질투한다. 시간이든 돈이든 과감하게 투자하는 사람은, 신중한 사고의 결과일 때도 있지만 무모해 보일 정도의 과감성을 갖고 있기 마련이다. 물건이 적고 청결한 공간에 있을 때, 나는 질투한다. 미니멀리스트를 지향하지만 맥시멀리스트로 살고 있는 내 눈에는, 필요한 만큼의 물건들만으로 깔끔하고 시원한 공간을 만들어내는 사람들이 존경스럽다. 이 목록을 얼마든 이어갈 수 있다. 체계적으로 일하는 사람, 계획을 어기지 않는 사람, 생활습관이 규칙적이거나 꾸준하게 운동하는 사람도 부러워한다.

내가 '되고' 싶은 자질을 가지고 있는 이들을 질투의 눈으로 바라보고, 존경하고, 나 자신을 바꾸고자 노력한다. 노력해도 정신차려 보면 제자리로 돌아와 있곤 하지만, 시도하고 노력하는 과정에서 나는 조금씩 변화를 겪는다. 내일의 나를 오늘의 내가 만나면 질투할 만한 인간이었으면 한다. 건강한 생활습관을 갖고, 차근차근 일하며, 새로운 관계에도 도전에도 적극적인 사람이 되고 싶다. 아직 완성되지 않은 미지의 나를 위해 연료를 때는 일에 이름을 붙인다면, 그것이 내게는 바로 '질투'다.

왜 하필 나를 택했니
그 많은 사람들 중에서

feat. 〈배반의 장미〉

오래 일한 사람일수록 인간관계 때문에 겪은 일화를 10톤 트럭 세 대 분량은 가지고 있다. 여느 프로젝트와 다르지 않았던 일이 순항을 넘어서 큰 성공의 실마리가 된다든가 그 반대로 큰 손해를 안고 끝나는 경우 모두 사람이 중심에 있다. 일은 힘들어도 참는데 사람 때문에 힘든 건 못 견디겠다는 말도 많이 들었다. 사람은 예측이 불가능하며, 너무 많은 요소들의 총합이다. 한 사람은 자신이 살아온 역사의 연장선에 존재하는데 그 모든 요소를 타인은 파악하기가 불가능하다. 보통은 '내가 당한 일'을 강조하지만, 그러는 본인들도 누군가를 크고 작게 화나게 한 경험이 있기 마련이다. "나는 잘못한 적 없는데 왜 나에게 이런 일이…"라는 주장도 자주 듣지만, 그렇게 말하는 사람을 옆에서 보면 고개를 갸웃하게 될 때도 많다. 요는, 어떤 행동이 그릇됐는지는 사람마다 생각이 다르고, 인간은 자기가 생각하는 걸 전부 말하고 표현하며 살지는 않기 때문에, 숨겨진 원한이라는 것이 늘 있기 마련이다.

이쪽 사람들은 이쪽대로, 저쪽 사람들은 저쪽대로 억울한 사연이 있다.

혼자만 억울한 사연도 있다. 대체로는 각자의 입장이 있다. 특히 양쪽이 주고받은 일에 시차가 있을수록 입장이 갈린다. 내가 1년 전에 큰 도움을 준 사람이 지금 내가 억울할 일을 저질렀다면? 상대는 그때는 그때고 지금은 지금이라고 생각할 것이다. 나는 그때 베푼 일을 떠올리며 지금 뒤통수를 맞았다고 생각한다.

사적으로는 배신하는 일임을 알지만 어쩔 수 없다고 생각하고 행동했을 수도 있다. 당신이 한 일이 위법이거나 사규 위반이라면?

이런 원론적인 이야기는 일과 관련된 관계에서 억울한 일을 당했다고 생각하는 사람의 원통함을 풀어주는 데 아무런 도움도 되지 않는다. 내가 라인을 타게 도와준 사람이 나를 배제했다. 내가 실수를 수습해준 사람이 내 실수를 물고 늘어지며 내 입장을 난처하게 했다. 내가 소개해준 일을 하더니 아예 내 앞길을 막는다. 한번 이런 상처를 크게 입으면, 아무 문제 없는 인간관계조차 의심하게 된다. 그리고 마음을 다하지 않으려고 노력하고, 거리를 두려고 하고, 혹은 나도 적극적으로 남을 이용해야겠다고 마음먹기도 한다. 다음 기회를 기약할 수 없는 타이밍에 당하는 배신은 치명적이다.

경력이 쌓이면 나쁜 경험도 쌓인다. 좋은 경험보다 나쁜 경험은 끈질기게 달라붙어서, 같은 일을 안 겪으려고 자꾸 머릿속에 불쾌한 감정을 소환한다.

하지만 새로 만난 사람이 당신이 과거에 얽혔던 사람의 연장선에 존재하지는 않는다. 믿고 말고의 문제를 떠나, 새 사람은 새롭게 알아가면 된다. 사람과의 어울림에서 가장 중요한 원칙이라면 '마음이 편한 대로'. 돌아보면 꼬여버린 관계보다 원만한 관계가 언제나 더 많기 마련이다. 실패에 매몰되어 한 발도 떼지 못하고 가라앉아서는 살아있는 일이 너무 원통하지 않은가.

프리랜서에게
닥치는 재앙 (중 하나)

당신은 어느 회사의 A팀과 일을 하게 되었다. 일 진행에는 B팀도 관여되어 있어서 결과적으로 두 팀 모두와 일하게 되었다. 당신이 하는 일은 A팀에서 기획했다. 당신은 B팀과도 미팅을 가졌다. 그런데 B팀의 분위기가 묘했다. 그 미팅에서 당신은 눈치채지 않아도 좋을 일을 알아버렸다. A팀과 B팀의 사이가 좋지 않다! 당신의 일이 A팀에서 시작된 것이라 B팀은 당신의 역량이나 노력과 무관한 이유로 비딱하게 이번 일을 보고 있으며, 일의 진행에도 비협조적이다.

혼자 일하는 사람은 아군을 만들지 못할지언정 적을 만들지 않는다는 각오로 일할 때가 많다. 그런데 당신은 본의 아니게 두 팀 사이에 끼어있고 당신의 일은 태풍 앞의 모닥불 신세가 될 때가 있다.

모든 상황을 자세하게 파악해서 어느 팀이 정당한 주장을 하는지 알고 싶은 마음은 이해한다. 하지만 당신이 먼저 나서서 알아볼 필요는 없다. 누구나 자기 입장에서 말한다. 당신이 정확하게 상황을 파악할 수 있는 정보를 얻기 위해서는 두 팀 바깥의 사람들 의견을 듣는 편이 좋은데, 그렇다 해도 '완벽하게 객관적인' 상황 파악은 어렵다. 게다가 상황을 알아보겠답시고 여기저기 들쑤시다가(조직 밖의 사람이 "거기 요즘 뭐뭐하다며?"라는 식으로 시시콜콜하게 질문을 시작하면 조직 안의 사람은 '들쑤신다' '오지랖이 넓다'라고 느낀다) 오히려 경솔한 언행을 하는 사람으로 보이기 십상이다. 그저 가십에 관심 있는 사람이 되는 것이다.

당신은 오히려 제삼자기 때문에 양 팀의 불화가 일으키는 가장 심각한 재난에서는 비껴있을 가능성이 높다. 굳이 나서서 태풍 속으로 들어갈 이유는 없다.

⊕ 어떤 일들은 말해주겠다고 해도 적당히 피해 있는 편이 좋다. 누구나 자기 입장에서 이야기한다. 그 사실을 명심할 것.

사람은 예측이 불가능하며,
너무 많은 요소들의 총합이다.

이쪽 사람들은 이쪽대로,
저쪽 사람들은 저쪽대로
억울한 사연이 있다.

장점이 단점이 되었는데요,
어떻게 할까요

다음은 같은 사람에 대한 다른 뉘앙스의 평가 방식들이다. 이 외에도 수없이 많은 조합이 가능하다.

제멋대로네.
자유롭네.

신중하네.
느리네.

기획의 폭이 넓네.
세상 물정 모르네.

유머러스하네.

썰렁하네.

사람들과 친근한 관계가 되어보고 헤어져도 본 사람들은 누구나 알고 있다. 그의 장점이 단점으로 보이는 순간 그 관계는 끝이다.

업무를 위한 글쓰기 수업을 할 때, 뉘앙스 차이에 주의하라는 말을 꼭 한다. 꼼꼼하다와 깐깐하다, 자유분방하다와 제멋대로다, 치열하다와 욕심이 많다 같은 식으로, 한 사람의 특징을 표현하는 상반된 뉘앙스의 단어들이 세상에는 존재한다. 어느 쪽을 골라 표현하느냐는 발화자의 편견이나 인상을 드러낸다. 그래서 때로는 상대가 말하는 뉘앙스를 걸러 듣기도 해야 한다. 꼭 부정적인 뜻으로 한 말이 아닐 때조차 듣는 사람의 상황이나 기분에 따라 다르게 느끼곤 한다. 예를 들어 "신중하시네요"를 칭찬으로 듣는 사람과 욕으로 듣는 사람이 있다. 같은 사람에게 "신중하시네요"라고 하는 사람이 여럿일 때 그들 중에는 칭찬으로 하는 사람과 비난으로 하는 사람이 있다. 그 모든 것을 정확히 판단할 수도 없거니와 감정을 그렇게 한 치 오차 없이 재단해서 주고

받는 일도 어렵다.

다만, 나에 대한 유사한 평가 내용이 시간이 감에 따라 긍정적인 뉘앙스에서 부정적인 뉘앙스 쪽으로 바뀐 듯하다면(혹은 그 반대라면), 나의 퍼포먼스를 신중하게 리뷰하고 태도를 바꾸도록 노력하는 일은 필요하겠다. 타인에 대한 평가는 뜻밖에도 실제 퍼포먼스보다 감정적 인상에 좌우되는 일이 많다.

하지만 절대 한마디 한마디에 일일이 반응하지는 말자. 그건 그날의 날씨 같은 것이다.

실수 없는 판단이 가능할까?

　《노이즈: 생각의 잡음》은 우리가 판단을 내릴 때 오류가 발생하는 원인을 크게 편향과 잡음으로 이야기하는데, 둘 중에서 잡음이 더 큰 문제가 된다. 편향에 대해서는 이미 수많은 논의가 존재한다. 특히나 선거철이 되면 누구나 자신만의 정치적 편향과 타인의 그것에 대해 할 말이 있을 것이다. 하지만 잡음은 거의 논의되지 않고 있으며, 건강한 논의를 오염시키는 주범이라는 것이 이 책의 주장이다. 같은 사안에 대한 전문가들의 의견이 극과 극으로 갈릴 때, 갑론을박의 이유가 잡음일 때 생길 수 있는 문제와 그 예측 방법을 다룬다. 형사 사법제도부터 과학수사, 의료 가이드라인과 채용 시스템 등 중요한 판단이 내려지는 여러 사례가 언급된다.

　단 한 번의 결정 기회만이 주어지는 중요한 판단을

내려야 할 때 명심해야 할 일은 "지금의 여러분을 있게 한 개인적인 경험들이 일회적인 결정과 반드시 유관하진 않다"라는 사실이다. 각 챕터에서는 판단(judgement)과 사고(thinking)가 다르고, 정확한 판단을 내리는 것은 좋은 판단을 내리는 것과 같지 않다는 사실을 비롯해, 인간의 마음이 불완전하기 때문에 잡음이 존재한다는 사실 등을 착실히 짚어낸다.

직관을 발휘하고 싶을 때도 우선 "여러 항목을 개별적으로 평가하고 결론을 내린 뒤에" 직관을 발휘하면 더 낫다. 사람들은 원하지 않는 결과가 나왔을 때 편향 탓을 하는데, 결과가 달랐어도 편향 때문이라고 말하게 될까? 게다가 창의성을 북돋는 방법으로 여백을 빼놓고는 말할 수 없다. 이 책은 불공평에 맞서는 방식으로 잡음을 억제하도록 독자를 설득하고자 한다. 그러기 위해, 판단의 목표가 개인적인 의견의 표현이 아니라 정확도라는 사실을 분명히 하고, 통계적으로 생각하며 외부 관점을 활용하는 일은 잡음 제거에 도움이 된다. 이른 직관을 참고, 여러 판단자들의 독립적인 판단을 집계하자.

하지만 너무 자주, 중요한 판단을 내리는 사람들은 데이터를 보는 척만 하고 자기의 과거 경험을 바탕으로 판단한다. 그들을 말리는 법에 대한 책도 한 권이 필요하다. 이왕이면 그들이 셀프 정신 차리는 방법에 대한 내용으로.

원칙대로 일하는 사람

우리는 혁명가가 될 필요는 없지만, 성실히 일하는 것만으로 누군가의 목숨을 구할 수 있을지도 모른다. 곽재식 작가의 〈멋쟁이 곽 상사〉는 휴전선 근처 지역에서 '향토 정보화 시민 담당관'이라는 직함으로 일하는 곽 상사에 대한 소설이다.

곽 상사는 이미 70세가 넘은 노인이었는데, 일을 부탁하면 "갖은 핑계로 그 일을 해 주지 않았다." 일 처리 속도도 느려서, 소름 끼칠 정도로 무사안일주의를 추구하는 사람인 듯했다. 그런 것치고는 곽 상사는 옷을 참 열심히 다려 입는 사람이었다. 곽 상사는 한국전쟁 당시 민간인을 학살하라는 명령을 받은 적이 있었다. 곽 상사와 그의 부하들은 고민에 휩싸인다. 그런데 곽 상사는 부대원들에게 "오늘 같은 때에" 군복을 잘 갖춰 입어야 한다며 계속 트집을 잡는다. 군복이 더러우므로 그 날은 작전을 수행할 수 없다는 주장이 매일같이 이어진다. 눈치 빠른 병사부터 옷을 더럽히며 일을 하기 시작한다. 그리고 눈부시게 다시 군복을 빨고 다림질하지만, 곽 상사는 충분치 않다며 작전 수행을 미룬다. 그래서 어떻게 됐을까?

한나 아렌트가 말한 '악의 평범성'과 반대되는 이야기. 영웅이 사람들의 목숨을 구했다기엔 곽 상사는 그저 원칙주의자일 뿐이다. 명령을 수행하는 조건을 하나하나 따지며 완벽을 추구한 곽 상사와, 당연히 불가능했던 완벽 덕분에 목숨을 건진 많은 사람들을 생각하면 묘한 기분이 든다. 명령에 복종해야 하기 때문에 '어쩔 수 없다'며 악의 일부가 되는 사람도 있고, 최선을 다해 원칙을 고수하며 나쁜 일이 벌어질 시간을 지연하는 사람도 있다.

일을 하다 보면, 아우슈비츠의 가스실을 관리하는 사람 정도는 아니라 해도 크고 작은 나쁜 일에 연루되기 마련이다. 그런 때 곽 상사의 지혜를 떠올려보시길.

그리고 나쁜 일로부터 영원히는 아니라 해도, 하루라도 더 지구인들을 구해주시길.

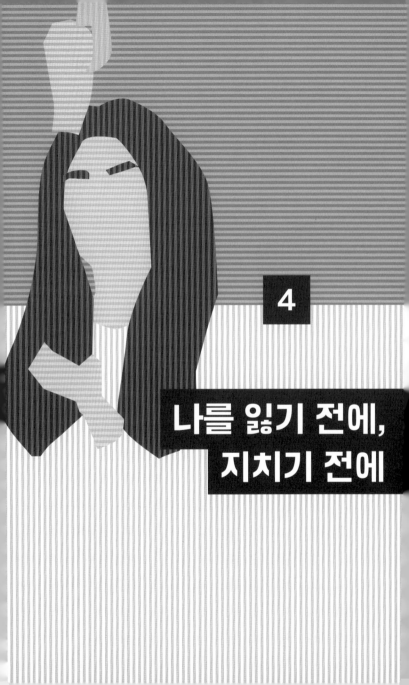

4

**나를 잃기 전에,
지치기 전에**

나를 해치면서까지
해야 할 일은 없다

내게 좌우명은 따로 없지만 일을 대할 때의 대원칙은 있다.

나를 해치면서까지 해야 할 일은 없다.

이것은 건강에 대한 이야기이기도 하고, 또한 자존감에 대한 이야기이기도 하다. 문제는 당신이 젊고 건강하다면, '나 자신을 해친다'라는 감각을 갖기가 어렵다는 사실에 있다. 버티는 일이 가능해서다. 당신은 버틸 수 있고, 내일도 새벽에 일어날 수 있다. 10년 뒤, 20년 뒤의 체력과 심력을 오늘 깎아먹는 중인지도 모르고 일을 한다, 사람을 대한다. 내 안 어딘가에서 무언가가 박살 나는 소리를 들으면서도 앞으로 앞으로 나아가는 일이 가능한 때가, 삶에는 있다.

나를 해치면서까지 해야 할 일은 없다.

회사 혹은 회사 사람들을 생각하면 자다가 깨서 뜬 눈으로 아침을 맞이하게 된다고? 그렇게까지 무리하면서 계속해야 할 일은 없다. 그런데 문제는, 흔히 말하는 '좋은 직장'을 다니는 사람들이다. 일이 날 해치더라도, 30년 뒤를 생각하라는 가족들의 압박으로부터 도무지 벗어나지 못한다. 아니, 가족까지 갈 것도 없이 본인이 그 생각에 사로잡혀 있다. '지금 굴해서는 안 된다. 무조건 버텨야 한다.' 누구나 '좋은 직장'이라고 말하는 자리에서 이탈하는 일은 인생의 실패처럼 느껴지므로, 나라는 인간이 마모되고 상하더라도 그 자리를 계속 지키고자 한다.

나를 해치면서까지 해야 할 일은 없다.

그렇게까지 일할 사람이 누가 있어, 하고 생각하지만, 일을 오래 한 이른바 베테랑들은 웬만큼 상처 입는 일은 무던히 넘기는 데 이골이 난 사람들이다. 다치지 않는 법을 아는 사람들이 아니라, 다쳐도 통증을 무시하는 법을 훈련한 사람들에 가깝다는 뜻이다. 아무리 다쳐도(신체적으로 다치고 아플 때도) 내색하지 않는다.

그러다가 정말 크게 마음고생을 하거나 몸이 상하고, 영영 다시 일어나지 못하게 되기도 한다.

많은 사람이 일을 못 할 지경이 될 때까지는 어떻게든 하려고 한다.

지키기 어렵기 때문에 계속 반복해 마음에 새긴다. 나를 해치면서까지 해야 할 일은 없다.

천천히 달리는 연습

소설가 천선란의 《천 개의 파랑》은 2019년 제4회 한국과학문학상 장편소설 부문 대상 수상작이다. 2035년, 경마 기수는 인간에서 휴머노이드로 교체된다. C-27이라고 불리던 휴머노이드 기수는 투데이라는 흑마와 호흡을 맞춰 경기에 나선다. 둘 다 뛰어난 실력을 지닌 데다 호흡이 잘 맞아서 기록을 경신하며 우승을 한다. 문제는 시속 100km를 넘는 이 기록이 지속 가능한 성질의 것이 아니라는 데 있었다. 투데이의 관절에 문제가 생기고, C-27은 낙마해 폐기 위기에 처한다. 로봇에 관심이 있는 연재는 C-27을 집으로 가져와 수리하고, 브로콜리 색을 한 그에게 콜리라는 이름을 붙여준다. 소설이 시작되고 얼마 지나지 않아 이 비범한 말과 휴머노이드가 처할 결말을 당신은 알 수 있게 된다.

어쨌든 우리에게는 연재가 있다. 연재와 연재의 언니 은혜, 그리고 자매의 어머니인 보경과 돌아가신 아버지인 소방관의 사연이 차례로 소개된다. 연재는 몰랐지만 어머니 보경은 원래 배우였다. 데뷔를 하고 단편영화를 꾸준히 찍으며 좋은 평가를 받았다. 《천 개의 파랑》은 무척 재미있는 소설이고, 캐릭터 하나하나의 생동감이 인상적인데, 이 작품에는 일에 대해 생각할 만한 잊지 못할 대목이 둘 있다.

첫 번째, 보경의 과거. 보경은 배우로 활동하던 때, 필모그래피 관리에 처음부터 신중했다. 이도 저도 아닌 작품을 끼워 넣지 않기 위해, 미래에 배우로 자리 잡은 뒤 과거 경력이 아름다울 수 있도록 노력을 기울였다. 그런데 스물넷의 어느 날 연습실에 불이 났고, 화상을 입었고, 배우 일을 포기할 수밖에 없었다. 생존이 위태로운 시간을 견뎠으니 많은 이들은 그 사고를 두고 천만다행이었다고 할 것이다.

보경의 마음이 남의 얘기 같지 않았다. 처음부터 신중하게 발걸음을 내디뎌서, 미래의 누구에게도 책잡히지 않을 길을 닦으려는 마음은 누구에게나 있으리라.

하지만 계획대로 모든 일이 흘러가지는 않는다. 계획대로 되지 않았다고 해서 실패한 인생이 되지도 않는다. 보경은 큰 사고에서 살아남았다. 커리어가 이어지고 이어지지 않고 하는 사실보다, 계속 살아갈 수 있다는 사실이 귀하다. 계획대로 되었는지, 얼마나 창대하게 발전했는지를 주목하느라 우리는 종종 중요한 사실을 잊고 산다.

두 번째, 휴머노이드 콜리와 말 투데이. 둘은 호흡이 잘 맞는다. 시속 100km가 넘는 속도를 기록한 것도 투데이의 기분을 콜리가 읽을 수 있기 때문이었다. 문제는 더 더 빠르게 달리고 싶은 말의 기분을 끝까지 착실히 따르면 둘이 함께할 시간이 짧아지고, 투데이의 생명도 짧아진다는 데 있다. 타고난 실력이 뛰어난데 팀웍이 좋아서 둘의 호흡이 능률을 극대화할 때, 눈부신 성과가 나지만 그 결과는 지속 가능한 성질의 것이 아니다.

영원히 가속할 수 있는 생명은 없다. 극한으로 가속한 상태를 영원히 유지할 수 있는 생명은 없다.

속도에 취하지 않을 도리가 없기 때문에 이 일은 더

위험해진다.《천 개의 파랑》을 펑펑 울며 읽다 기껏 한숨을 골랐는데, "우리는 모두 천천히 달리는 연습을 해야 한다"는 대목에서 또 눈물이 쏟아졌다.

원하는 만큼 속도가 나지 않는 일을 근심하지 말고, 오래 달릴 일을 마음에 두자. 나에게도, 내 사랑하는 이들에게도 들려주고 싶은 말.

진지한 헌신

한때 멋있어 보였던 지금은 나이 든 사람들의 이해 불가한 결정들을 보게 된다. 나이를 먹으면서 알게 되었다. 세상 누구도 타인을 이해시키기 위해 살지 않는다. 자기 자신을 위해 살아갈 뿐이다. 그가 (타인의 눈에 이해 불가한) 결정을 내리는 이유 역시 타인은 잘 알 수 없다.

같은 이유로, 타인의 이해 불가능한 결정을 굳이 포용해야 할 이유도 없다. 그들은 그들의 길로, 당신은 당신의 길로, 나는 나의 길로 가면 된다.

타인이 어떤 길 위에서 어떤 전망을 보는지 충분히 알 수 없기 때문에, 우리는 때로 그들이 꾸준히 비상하는 듯하다가 갑자기 추락하거나, 긴 추락을 깨고 갑자기 날아오르는 모습을 보고 놀라게 된다. 어느 날 어떤 배우가 이런 상황이 되었다. 10년에 가까운 긴 슬럼프와 거의 완벽해 보이는 스타덤으로의 복귀. 그 배우와 몇 번의 인터뷰를 한 선배가 말하길, 그는 애초에 뛰어난 재능을 지니기도 했지만 슬럼프에 해당하는 기간 동안 자신의 힘으로 벗어나기는 무척 힘들었으며, 우리가 이해할 수 없었던 영화 역시 진지한 마음으로 선택하고 연기해왔다. 복귀 이후에도 때로 그의 작품 선택은 이해할 수 없는 것들이 채우고 있지만, 선택한 작품이 결과적으로 어떻게 되었든 간에, 작품 속의 그는 매번 최선을 다하고 있다.

그가 최악의 시기를 끝낸 비결은 그를 신뢰한 다른 이들 덕이었다. 새로운 기회만이, 제대로 된 동아줄이 되어주었다. 흥행에서든 비평에서든 성공한 작품에서든 실패한 작품에서든 그는 다르게 하지 않았다. 잘될 일만 열심히 하지 않았고, 안될 법한 일도 대충 하지 않았다. 최악의 시기도 최고의 시기도 그의 한결같은 노력의 결과였지만, 좋은 재능을 가진 다른 사람이 없었다면 그는 최악의 상황에서 빠져나오지 못했을 것이었다. 30년 차 프로페셔널의 진지한 헌신은 그런 것이다.

이유를 따질 시간에 주어지는 일을 하기. 영광도 영원하지 않지만, 실패 역시 영원하지 않다. 그리고 진지한 헌신은 성공이나 실패와는 관계없다.

원하는 만큼
속도가 나지 않는 일을
근심하지 말고,
오래 달릴 일을
마음에 두자.

슬럼프의 신호

번아웃까지는 아니지만
번아웃이 아닌 것도 아닌 듯한

슬럼프와 번아웃의 차이는 무엇일까. 나는 전자를 '안 풀린다'는 느낌으로, 후자를 '불가능하다'의 느낌으로 받아들인다. 슬럼프는 '가능은 하다'는 뜻이고, 번아웃은 '어떻게 해도 안 된다' 쪽이다. 슬럼프는 웅덩이에 빠진 당혹감이면, 번아웃은 튜브 하나에 매달려 망망대해를 떠도는 막막함이다.

슬럼프가 왔을 때 잘 대처해야 더 큰 재앙으로 쓸려가지 않는다.

예를 들면, 늘 하던 일인데 기획안을 짜기가 어렵다. 아무 생각도 나지 않는 정도는 아닌데, 생각이 명료하게 정리되지 않는다. 생각이 정체된 듯하고 뭘 해도 시큰둥하다. 당장 해야 할 일을 앞두고 다른 재미있는 일들이 눈에 들어온다. (예: 이빨로 노끈을 물고 1톤 트럭 끌기, 밥그릇에 든 쌀알 개수 세기, 새로운 게시물이 나오지 않을 때까지 SNS를 '새로고침' 한 뒤에 새로운 계정 100개 추가로 팔로우하기)

꾸역꾸역이나마 할 수 있다면 급한 일'만' 해치운 뒤 휴식해라.

여가도 일처럼 능률적으로 하는 데 습관이 든 사람이면, 휴가를 취한답시고 시간표를 대략 생각해서 순차적으로 움직이고 있을 가능성도 높다. 이것은 휴식이 아니다.

알람을 맞추지 않고 자는 주말을 만들어라. 출근을 하는 사람이라면 어차피 늘 깨던 시간에 깰 가능성이 높다. 그렇다 해도 알람 없이 잠들어보라.

신경 쓸 일이 많을 때는 머리가 예민하게 깨어있어서 좀처럼 잠들지 못하거나, 자다 말고 새벽에 계속 깰 때도 있다. 휴식을 취하고 싶어도 쉬어지지 않는 것이다. 이런 때는 취침 한 시간 전부터 핸드폰을 놓고 책을 읽어도 도움이 된다. 하지만 내가 더 자주 쓰는 방식은 안대를 쓴 뒤 45분 정도 되는 수면 명상 영상을 틀어놓고 잠드는 것이다. 넷플릭스의 〈헤드스페이스: 마음을 챙길 시간〉을 이용했고, 영상이기는 하지만 보지 않고 틀어놓고 호흡을 따라 하며 잠들면 머릿속이 시끄러울 때도 비교적 편안히 잠들 수 있었다. 따뜻한 물 샤워나 목욕도 추천할 만하다. 이렇게 수면 리듬을 먼저 잡은 뒤 운동이나 여가 등 다른 생활을 손본다.

휴식이라고 불릴 만한 행동을 추가로 하라는 뜻이 아니라, 일단 이도 저도 생각하지 않고 잠자고 멍 때리는 시간을 가져보자. 이런 행동만으로도 마음속의 산만한 생각들이 어느 정도는 쓸려나간다.

꾸역꾸역은 고사하고 아무것도 할 수 없다면 이미 번아웃일지도 모르겠다. 전문가의 도움을 구해보자. 수면 리듬이 엉망이라면, 식사 주기가 엉망이라면, 일 생각을 하다가 호흡이 가빠진다면, 일상까지 망가지는 느낌이라면… 전문가의 도움을 구하자. 당신의 문제를 소리 내 타인에게 이야기하는 것이야말로 회복을 위한 중요한 첫걸음이다.

⊕ 돈, 시간, 에너지.

일상과 휴식을 계획할 때 이 세 가지를 함께 고려하자. 이 셋 중 당신이 가장 자원을 풍부하게 가지고 있는 것을 주로 사용하는 쪽으로 계획을 짜라. 성격에 따라, 나이에 따라, 휴식이라고 생각하는 활동은 달라질 수 있다.

번아웃이 왔을 때 권하는 대처법

나는 알고 있다. 이 글을 읽는 당신이 번아웃 증후군(이하 번아웃)을 아직 경험한 적 없다면, '나는 다르다'라고 생각할 가능성이 높다. 번아웃에 대한 아티클이나 책, 동영상을 찾아보면서 적당한 선을 찾아 열심히 사는 일이 가능하리라고, 당신은 믿고 있을 것이다. 나 역시 그랬으니 할 말이 없다. 하루에 17시간을 앉아서 일할 수 있던 때, 그렇게 집중해 일해서 단기간에 성과가 나오는 것을 확인했을 때, 그런 뒤 뻗어 잠을 자고 휴가를 다녀오는 것으로 피로가 사라지는 '느낌'을 받았던 때, 나는 할 수 있을 때까지 일을 하려고 노력했다. 내생각에 문제는 단순했다. 할 수 있는데 왜 안 해? 문제는 내가 일을 미루기 시작하면서 본격적으로 발생했다. 일을 미루는 게 문제라기보다는, 도저히 일을 시작할 수가 없었다. 미룬다고 생각했지만 불능 상태에 있었던 셈이다. 이 글은 내 개인적 경험의 연장에서, 번아웃을 예방하는 비법이 아니라 번아웃 초기에 심화되지 않도록 자신을 돌보는 기술에 대한 이야기를 담았다.

증상편

번아웃은 단순한 피로의 문제는 아니다. 아무리 열심히 놀아도, 그래서 돈도 명예도 체력도 잃고 앓아누워도 그걸 번아웃이라고 부르는 사람은 없다. 모든 걸 '끝까지 소진'했다는 조건은 같아도 왜 일은 번아웃으로 이어지고 놀이는 그저 재충전인가? 열심히 살다 보면 지칠 수 있다. 놀라운 일은 아니다. 하지만 번아웃은 일시적인 피로감에 그치지 않는다. 《그냥 좀 괜찮아지고 싶을 때》를 쓴 정신건강의학과 전문의 이두형 선생님을 만났을 때 번아웃 증후군에 대해서도 질문을 했는데, 소진 증후군, 탈진 증후군이라고도 하는 번아웃 증후군이 "열정적인 사람에게 잘 찾아온다"는 말이 가장 인상적이었다. 일이 많고 적고의 문제로 번아웃 증후군을 설명하는 일이 많지만, 일의 양은 문제의 일부다. 번아웃일 때는 무의식적으로 성과를 내지 않는 방식을 택함으로써(일 미루기) 성과에 대한 평가 자체를 지연시키게 된다.

이른바 자수성가한 사람들을 보면 다들 일을 많이 해서 '흔하게 과로하는' 나조차 죄책감이 느껴질 정도일 때가 많다. 저렇게 성공한 사람도 새벽 5시에 매일 일어난다고? 업무상의 미팅이 아니면 외식도 안 한다고? 매일 독서를 한다고? 그럼 나는 얼마나 더 해야 하는 거지? 그런 사람들을 가까이서 보면 그 모든 게 사실이 아닐 때도 있지만 더 심각할 때는 실제가 알려진 것보다 더 대단할 때다. 저 사람은 나보다 일중독인데 왜 나처럼 불능 상태에 빠지지 않았지? 어쩌면 내가 나약하기 때문이지 않나? 그런데, 이런 생각이 번아웃을 부르는 요인 중 하나라는 것을 알게 되었다.

번아웃이 언제 어떻게 시작되는지 정확히 알기는 어렵다. 그러니 중간 단계에서 멈추는 일도 거의 불가능하다. '일을 전혀 할 수 없다'는 단계에 이르러서야 문제의 심각성을 자각하기 때문이다. 많은 사람은 사소한 미루기가 반복되면 죄책감을 갖는다. 그리고 게으른 마음 상태를 '극복'해야 한다고 생각한다. 번아웃이 올 정도로 일을 하는 중이라면 이미 신입사원이 아니게 된 지는 한참 되었을 것이다. 그러면 사람은 더욱 자신을 몰아붙인다. 나약해진 마음을 다잡아야 한다고 생각한다. 이게 틀린 결론이라는 말이다.

다음 이야기로 넘어가기 전에 강조하고 싶은 것은 "진료는 의사에게, 약은 약사에게"다. 만일 미루기 때문에 망신을 당할 정도로 어려운 상황에 처해 있는데 도무지 일을 손에 잡고 집중하기가 어렵고, 일을 대할 때 우울감이 너무 심해서(일을 안 할 때는 안 우울하다!) 견디기 어려울 정도라면, 정신건강의학과 전문의를 찾아가 상담을 하는 편이 좋다. 이 글은 그다음에 마저 읽으시라.

원인편

번아웃의 이유 첫째. 번아웃은 일의 양과도 관련 있지만, 원하는 만큼의 성과를 얻지 못하는 상황과도 관련이 있다. 물이 가득 차고도 넘치지 않던 컵이 넘치기 시작하는 순간의 '마지막 한 방울'은 무임승차자나 운 좋은 사람으로 보이는 타인이 이른바 '추월차선'을 타고 내 옆에서 앞서갈 때다. 부러워하며 더 열심히 하려는 마음이 드는 게 아니라, 이걸 해서 뭐 하나 싶어지며 무력감이 든다. 좋은 시기에 좋은 업계에 발을 디뎌 계속 성장 곡선을 그리며 순탄하게 일해온 사람은 과로는 해도 번아웃으로 오래 고생하는 일이 드문데, 그것은 성과가 나기 때문이다. 그래서 더 열심히 한다. 개인의 역량과 무관하게 업황이 좋지 않은 업계에서 일하는 사람들은 아무리 열심히 해도 성과가 나지 않는다. 그러니 보상이 없다. 원래 열심히 하던 사람이니 주변에서 갖는 기대도 크다. 그러니 더 열심히 해야 하는데, 도무지 왜 하는지 모르겠다는 생각만 든다.

물질적인 보상은 돈이고 정신적인 보상은 인정일 텐데 그 둘이 다 부족해서 전업주부가 번아웃이 되는 일도 드물지 않다. 아무리 열심히 해도 몰라준다는 생각. 그런데 더 잘하는 법을 도저히 모르겠다는 아득한 무력감이 일을 기피하는 심리로 나타난다. 공익 활동가 윤정원 녹색병원 산부인과 과장의 〈경향신문〉 인터뷰를 읽어보면, 감명받았다는 팬은 늘었지만 같이하겠다는 동료는 늘지 않는 상황에서 번아웃이 오기도 한다.

또한, 만족시킬 수 없는 상사 때문에도 번아웃이 온

다. 《번아웃 키즈》라는 책에서는 성과 지향적인 삶을 일찍부터 시작하는 아이들이 번아웃에 시달린다는 내용을 다룬다. 절대 만족시킬 수 없는 상사의 범주에 부모가 들어가는 것이다. 칭찬을 듣던 아이는 부모가 원하는 성과에 더 예민한 경향이 있다. 완벽하게 맞출 가망성이 없다면? 공부를 회피하는 수밖에 없다.

두 번째. 조직의 공정함을 불신할 때다. 내가 부족하다는 판단이 설 때는 '잘' '열심히'로 해결할 수 있지만 직장에서의 업무 성과 판단 기준이 편파적이라는 강한 확신이 들면 다 하기 싫어진다. 무능한 상사가 승승장구하는 이유가 아무리 봐도 임원들과 골프 친구이기 때문으로 보인다면?(유사품으로 학연과 지연이 있다.) 정당한 절차를 거친 문제 제기가 소리 소문 없이 묵살되고 나만 피해를 본다면? 내가 낸 아이디어가 타인의 것으로 둔갑했는데, 그 과정을 나는 전혀 알지 못한 채 소외되었다면?

이 단계에서 조직에 분노하면서 적극적으로 월급 도둑의 삶을 기획하는 방식의 해피엔딩(?)도 가능하겠지만, 그럴 사람이면 이미 그렇게 살고 있다. 열심히 했기 때문에 조직 내 불공정에 계속 신경을 쓰게 되고 지치는 것. 일도 하기 힘든데, 다른 사람들이 어쩌고 있는지 계속 쳐다보고 있으려니 더 미친다.

결론적으로, 번아웃은 개인의 문제에 그치지 않는다. 그 사람을 둘러싼 환경이 상호작용한 결과다. WHO에서는 2019년 번아웃에 대해 질병이 아닌 '직업 관련 증상'이라고 밝힌 바 있는데, 해결책으로 적절한 보상과 긍정적 피드백, 일에 대한 자부심, 지나친 경쟁과 가십을 피할 것을 언급했다. 해결이 쉽지 않은 것은 자명하다.

해결편

나는 《출근길의 주문》이라는 책을 쓰면서 "일은 내가 아니다" "생활인으로서의 감각을 유지해라"라고 적었는데, 그게 바로 번아웃 경험으로부터 얻은 귀한 교훈이다. 일을 '잠시 멈춤' 해도 큰일은 일어나지 않는다. 그만두지만 않으면 어떻게든 앞으로 나아간다. 그런데 멈출 일이 두려워서 도저히 손가락 하나 까딱할 수 없을 정도로 압박감만 남은 상태가 될 때까지 자책하며 더 열심히 하려고만 했다. 인간관계와 일의 어떤 부분이 완전히 망할 때까지.

당신 자신이 남아있지 않으면 일은 없다. 자신을 지키기 위해서는, 당신을 지탱하는 건강한 인간관계(언젠가 도움이 될지도 모르는 인간관계 말고)에 시간과 돈을 들여라. 아쉬울 때만 기대는 사람은 아무도 좋아하지 않는다. 직장이 전부라는 생각 말고 내가 오랫동안 하고 싶은 일은 어떤 성격을 가지는지, 어떤 방향인지 떠올리는 것 역시 큰 도움이 된다. 방향이 맞는다면 지금 속도가 나지 않아도 괜찮다. '결과적으로' 성공한 것처럼 보이는 사람들의 커리어를 살펴보면 흐리거나 하강하는 구간을 발견할 때가 많다.

일이 안 풀릴 때는 건강이나 공부로 눈을 돌려라. 특히 조직의 인선 문제가 심각하다면 다음 인사이동을 기다리거나 회사를 옮기는 게 방법일 때가 많다. 버티면 되는데 버틸 여력이 없다면? 나는 이럴 때마다 '최소한의 생활'로 돌아가려고 노력한다. '더'가 아니라 '덜' 한다. 일을 줄이고(당연하다), SNS를 끊고(타인의 성과에 두리번거리지 않는다), 노는 대신 쉰다(어디 업로드하지 않아도 되는, 재충전이 아니라 그냥 비우는 시간을 갖는다).

일이 잘 풀린다고 휴식을 게을리하면 안 된다. 번아

웃을 경험하지 않은 사람들은 계획을 잘 세워 루틴을 잘 정해 실천하고, 초과 달성할 때는 초과 달성도 하고 그러면 된다고 여긴다. 그게 아니다! 초과 달성에 맛 들이면 초과 달성한 양을 일상적 루틴으로 넣는 우를 범하게 되고, 어느 날 몸이 아프고 밀리고, 쌓인 걸 더 열심히 쳐내고, 그게 번아웃으로 가는 추월차선이다. 일을 하는 것만큼 쉬는 것 또한 중요하다. 번아웃은 성과를 잘 내던 사람이 일정 정도 성과를 낸 이후, 아무리 열심히 해도 현상유지를 겨우 할 때도 생긴다.

이럴 때 조심

일을 미룬다. 나 자신이든 주변 사람이든 어쩔 줄 모를 때까지 일을 미루다가 겨우 시작하는 상태가 반복될 때는 위험신호다. 물론, 인간은 일보다 놀이와 휴식을 선호하게 되어있으므로 대체로 늘 언제나 올웨이즈 일을 하기 싫지만, 번아웃 증상으로서의 미루기는 다르다. 산만한 상태로 정신없이 뭔가를 하고는 있지만 중요한 일은 손도 못 댄 채로 시간이 흐른다.

여기저기 계속 아프다. 남이 보면 꾀병처럼 보이는

데, 온갖 통증부터 우울감, 감기기운은 물론 사소하게 부딪히거나 다치는 일이 많아진다. 건망증도 심해지며 멍한 상태로 하루를 보낸다. 불면을 포함한 수면장애, 이유를 알 수 없는 두통이나 소화불량이 생긴다.

번아웃으로 고생한 뒤부터 나는 나를 더 잘 돌보기 시작했다. 대단하게 잘해주지는 못해도, 나쁜 신호가 올 때 얼른 캐치하고 돌봄에 시간을 들인다. 다 소용없다는 회의주의, 극심한 미루기, 건망증(지갑을 두고 오거나 물건을 분실), 수면장애가 그 경고. 그러면 다른 사람의 평가에 시달리지 않아도 되는, 자족할 수 있는 나의 시간으로 돌아가기 위해 노력한다. 그래서 미니멀리즘이 필요해진다. 욕망의 크기를 줄이는 것은 나를 더 쉽게 만족할 수 있는 사람으로 만들기 때문이다. 이 모든 것은 극심한 수치심을 동반했던 번아웃의 시간으로부터 얻어낸 교훈이고, 당신이 부디 이 글을 통해 나와 같은 경험을 하지 않기를 바란다. 다시 한번 강조하자면, 진료는 의사에게 약은 약사에게.

대단하게 잘해주지는 못해도,
나쁜 신호가 올 때 얼른 캐치하고
돌봄에 시간을 들여야 한다.
자족할 수 있는 나의 시간으로
돌아가기 위해 노력해야 한다.

이게 다 외로움 때문이다

사람들은 종종 외로움을 해결하기 위해 일하고,

일하다 보니 외로워지고,

외로우니까 더 일하게 되고,

그러다가 몸이 상하고 관계를 망친다.

갑자기 나 자신을 사랑하겠다고 마음먹는데

시간이 너무 많이 흘러있다.

매일 투자해야 하는 것은

나 자신(의 육체적 정신적 건강)

밀물이 들어오고 썰물이 흘러나가듯 오고 가는 사
람들 중에서

지금 내가 신경 써야 할 사람들

오게 하고 싶고 가지 않게 하고 싶은 사람들

시간이 흘러도 나를 웃게 할 취향

미래를 불안하지 않게 할 저축(을 비롯한 자산)

다른 모든 것은 있다가도 없을 수 있지만

나 자신이 없으면 세계가 사라진다.

내가 나를 홀대하기를 멈추기.

나의 인간관계 원칙

나에게 친절하고 너그러운 사람을 존중하자.

까다로움을 비범함과 착각하지 말자.

친절은 애정과 같지 않다.

타인의 능력이 꼭 내게 이롭게 쓰이지는 않는다.

내 재능이 누구의 눈에나 똑같이 보이지는 않는다.

시절인연이 있다. 그때는 틀렸지만 지금은 옳을 수 있다, 지금은 아니라고 해서 원한을 가질 필요는 없다.

누구에게나 사정이 있다. 그걸 내가 이해해야 한다는 뜻은 아니지만.

나 자신과 잘 지내자.

아님 말고.

다른 모든 것은
있다가도 없을 수 있지만
나 자신이 없으면
세계가 사라진다.

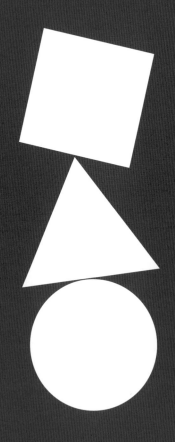

그러면 언제 쉬지?

우리는 일에 절박하게 매달린다. '우리'라고 했지만 당신은 당신대로, 나는 나대로 할 수 있는 한 최대한을 하려고 노력한다. 번아웃이 문제가 되는 이유는 일을 못 하기 때문이지 생활이 안 되기 때문은 아니다. (우울증은 생활에도 문제가 생기고, 경우에 따라서는 생활에만 문제가 생긴다.) "요즘 바쁘시죠?" 하는 말이 덕담처럼 안부 인사로 쓰인다. "요즘 일이 좀 많네요." 하는 말이 겸손한 대답처럼 들린다. 모두 바쁘다. 돈은 잘 안 벌려도 한가한 사람은 본 적이 없다. 그러니 생산성에 대한 강박을 느끼게 된다. 내가 가장 자주 받는 질문 역시 생산성에 대한 내용이다. 어떻게 그렇게 많은 일을 하시죠?

나는 휴식하는 일정을 먼저 잡는다. 40대가 되기 전에는 그다음에 일을 잡았고, 40대 중반이 되고서는 휴식 일정 다음으로 운동 일정을 잡는다. 그다음이 일이다. 일에 최소한의 시간을 들여야 휴식할 시간과 운동할 시간이 난다. 내 일정 관리는 거칠게 요약하면 이게 전부다. 제시카 차스테인이 주인공으로 나오는 〈미스 슬로운〉을 보다가 정신이 아득해졌는데, 어쩌면 현대인이 말하는 생산성 그 자체가 바로 영화의 주인공, 워싱턴 D.C.의 로비스트 매들린 엘리자베스 슬로운일지도 모른다는 생각이 들어서였다. 슬로운은 (약간 과장하면) 잠들지 않는다.

영화의 내용은 악명 높은(즉 매우 뛰어난) 로비스트인 슬로운이 총기 규제 법안 통과를 위해 일하는 과정을 담는다. 참고로 슬로운이 악명 높다는 말을 듣는 이유는, 법의 경계를 넘나들면서 공공의 이익에 반하는 법안들도 최선을 다해 통과시키는 데 선수이기 때문이다. 그녀는 돈을 위해 일한다. 그런데 총기 규제 법안은 그간 슬로운이 해오던 일과 정반대 성격의 일이다. 대체 슬로운은 무슨 생각일까.

영화 후반부의 짜릿한 반전도 영화의 재미라고 할 수 있지만, 〈미스 슬로운〉을 볼 때마다 내가 놀라는 대목은 바로 슬로운이 일하고 사는 방식이다. 그는 좀처럼 쉬지 않는다. 일정은 촘촘하게 짜여있고, 그 안에서 완벽하게 옷을 차려입고 메이크업을 한 슬로운은 기계 태엽 인형처럼 착오 없이 사람들을 만나고 일을 처리한다. 그냥 일도 아니다. 막대한 돈이 오가는, 실력자들을 움직이는(협박도 하는) 일이다. 그는 이 일에 대단히 뛰어나다. 그리고 워커홀릭이다. 워커홀릭, 일 중독이 무슨 뜻인지 모르겠다면 〈미스 슬로운〉을 보면 된다.

그는 잠들지 않기 위해, 일을 많이 하기 위해 각성제를 먹는다. 스트레스를 푸는 그만의 방법도 있는데, 누가 알았다간 바로 약점으로 취급당할 성질의 일이다. 이 모든 과정은 '억지로'라기보다는 '기꺼이'에 가까워 보인다. 사생활을 풍요롭게 혹은 느긋하게 가꾸기 위해 일하는 게 아니다. 일이 우선이며, 일이 전부다.

여기부터는 영화의 결말에 대한 언급이 있다.

무지막지하게 유능한 슬로운은 일에 삶을 헌신한다. 문제는 내가 이 영화를 보면서, 그런 슬로운에 다소간 매혹되었다는 데 있다. 나는 휴식 일정을 먼저 잡는, 그야말로 놀기 위해 일하는 사람이기는 하지만, 체력이 허락하는 한도 내에서 최대한의 일을 하는 데 오랫동안 익숙했다. 30대 중반이 되기 전에는 해외로 가는 비행기를 타기 전에 밤샘을 하지 않은 날이 드물었다. '잠은 비행기에서 자면 되니까.' 그게 내 모토였다. 시간은 늘 부족해서 한없이 아까운 자원이었다. 노는 게 좋지만, 그만큼 일이 중요했다. 어느 날 대학병원 안과에 검사를 받으러 갔다가 그 길로 응급실에 가야 한다는 말을 듣기 전까지는 모든 게 그렇게 흘러갔다.

(설명하자면 길고 이상한 경위로) 응급실에 제 발로 걸어 들어간 환자이기는 했으나, 퇴원을 하고 나서는 밥숟가락 들기도 보통 힘든 일이 아니었다. 응급실, 중환자실, 일반 병실을 거쳤다고는 해도 내가 느끼기에는 입원 전의 나는 멀쩡한 상태였고, 나는 베드째 응급실에서 중환자실로 이동하면서 쉬지 않고 전화를 돌렸다. 회사에 상황을 얘기해야 했고, 다음 날 일정을 취소해야 했다. 주말에도 일정이 있었다. 전화를 한참 하다가 베드를 미는 간호사에게 물었다. "중환자실에서 핸드폰 사용이 가능한가요?" 간호사의 대답은 간단했다. "이렇게 멀쩡하신 분은 안 계셔서… 저도 이런 경우를 본 적은 없어요." 겉으로는 멀쩡했지만 언제 문제가 생겨도

이상하지 않다는 진단이었다. 그 입원 이후로 나는 병원을 꾸준히 다니고 있거니와(주치의 이름이 하필 내가 싫어하는 야구팀의 주전 선수와 똑같다) 휴식을 최우선으로, 운동을 그다음으로, 일을 마지막으로 생각하는 사람이 되었다.

그 이후 내게 생산성이란 영화 속 슬로운과는 퍽이나 다른 성질의 것이다. 나의 목표는 언제나 분명하다. 내가 생산성을 높이려는 이유는 얼른 일을 마치고 눕기 위해서다. 근심 없이 놀기 위해서다. 뛰어난 실력 갖추기는 포기했다 하더라도 등이 바스라지는 기분을 느끼지 않고 앉아서 일을 하려면 운동을 빼먹을 수도 없다. 게다가 운동은 약간 재미있기까지 하다. 운동 강도도 쉽게 높이지 않고 꾸준히 하는 것을 목표로 한다. 기분이 쉽게 가라앉는 겨울 몇 달은 일을 가능하면 하지 않으려고 노력한다. 적극적으로.

하지만 슬로운은 쉬기 위해 일하는 게 아니다. 일하기 위해 일한다. 뛰어난 사람이기 때문에, 그는 일에 시간을 쏟는 만큼 보통 사람들로서는 꿈도 꾸기 어려운 결과를 얻는다. (그래서는 안 된다고 생각하면서도 볼수록 멋있다는 생각이 들며 홀리는 이유다.) 인생에 한 번쯤은 슬로운처럼 살아봐야 하지 않나? 그런데 그 '슬로운처럼'에서 '일'이 빠지면 남는 것은 거의 없다시피하다. 워커홀릭 남성들을 그린 영화들에서 우리가 익히 보아왔던, 일에는 능하지만 삶(또는 사랑)에서는 서툰 사람의 전형이다. 생산성은 영원히 끌어올려야 하는 무엇이 된다. 생산성을 끌어올린 이유는 새로 확보된 시간에 일하기 위해서다. 이래서는 끝이 없다.

그래서 슬로운은 언제 쉬는가? 감옥에 가서야 쉰다. 그곳에는 스마트폰도 각성제도 없으며 그가 참여해야 할 파티도 없다. 강제로 일하지 못하게 되고 나서야 그는 생산성이라는 주문으로부터 놓여난다. 영화로는 멋진 엔딩일지도 모르지만 나는 현실의 당신이 더 지속 가능한 방식으로 일했으면 한다. 생산성이 만들어준 시간은 여가에, 당신에게 소중한 인간관계에 쏟자. 일을 할 수 없게 되었을 때도 심심하거나 외롭지 않도록.

휴가는 휴가다워야 한다

여가 활동 역시 생산성이 중요하다고 믿는 사람들이 많다. 주말에 놀러 간 곳에서 어떻게 새로운 영감을 얻을지, 독서를 어떻게 공부와 연결 지을지에 대한 촘촘한 노력과 플랜, 각종 생산성 도구를 통한 체크업이 일반적이 되었다. 인스타그램이나 트위터에 여가를 기록하는 행위는 개인 브랜딩의 연장으로 이야기된다.

친구 A는 소설을 읽어야 할 필요가 없어진 뒤로는 (즉 학교를 떠난 이후로는) 한 편도 읽은 적이 없다. 시간 낭비라고 생각하기 때문이다. 주말에 카페를 갈 때면 새로운 곳에 가야 한다. 이미 가본 곳에 또 가는 건 시간이 아깝기 때문이다. 새로운 경험을 할 때 '이 경험이 내게 어떤 의미가 있을까' 재해석을 하면서 경험을 시작한다. 다꾸를 하는 사람은 다이어리에 어떻게 기록할지를 고심하고, 영상이나 사진을 주로 활용하는 사람은 그 한 컷을 생각한다. 나는 그렇지 않다는 비법 공유를 하고 싶지만, 나도 그런다. 그저 '이걸 어떻게 써먹을까' 하는 생각을 안 하려고 노력할 뿐이다.

어떻게 하면 일을 많이 할 수 있는가. 이것은 내가 꽤 자주 받는 질문인데, 내 답은 한결같다. 일하는 시간을 제외하고는 논다. 여기서 '논다'라는 말은, 정말 논다는 뜻이다. 내가 누구와 어디에서 시간을 보내는지를 증명할 이유가 없고, 휴식하는 동안 무슨 책을 읽는지도 알려야 할 이유가 없다. 나는 SNS를 하지만 노는 동안은 SNS에 일절 접속하지 않는다. 주말여행을 갔다면 사진을 찍거나 책을 읽거나 음악을 듣는 외의 용도로 SNS를 켜는 일은 없다.

노는 김에 무엇을 한다고 생각하면 노는 시간도 일이 된다. 처음에는 부담이 없을 수 있다. 부담이 없는 동안은 내키는 대로 해도 문제는 없다. 여가를 자기계발 혹은 자기 홍보와 연결 짓는 일을 1년 정도 부담 없이 하는 사람이 있는가 하면, 5년은 가뿐히 할 수 있는 사람도 있다. 다만 경험을 하는 순간 눈앞의 상황에 집중하지 못한다면 번아웃으로 가는 신호는 이미 켜졌다.

다른 사람들에게 노출되지 않는 자기만의 시간을 갖는 법을 익혀야 한다. 그 활동 혹은 관계는 타인의 인정이나 평가와 관련 없을수록 좋다. 가족과의 관계가 좋은 사람들이 꾸준한 성취를 보이는 것은 결코 우연이 아니다.

휴가는 '눈앞의 상황에 집중'하는 행동이어야 한다. 등산이나 수영을 비롯해 몸을 쓰는 행위가 추천되는 것은 집중하지 않는다면 사고로 이어지거나 충분히 즐기기가 어려워서다. '이것을 활용해 다음 단계로'를 끊임없이 고민하는 활동을 여가라고 불러서는 안 된다.

30대 후반을 넘기면서부터, 일을 20년 가까이 해온 사람들이 비슷하게 하는 소리가 있다. 일을 좋아한다는 사실을 인정해야 한다고. 일을 좋아한다는 말이지 동료를 좋아하거나 회사를 좋아한다는 뜻이 아님은 먼저 강조하고 싶다. 일도 일 나름일 것이다.

왜 나이 얘기를 꺼냈냐면, 일이 내 마음대로 되지 않는다는 사실을 본격적으로 받아들이는 시기는 빠르든 느리든 모두에게 찾아오기 때문이다. 20년쯤 일하면 번아웃 한두 번 정도는 경험한 사람이 많다. 물론 시야에는 번아웃 생존자만이 있다. 번아웃으로 이탈해 돌아오지 못한 사람들은 당신의 시야에 보이지 않기 때문에, 실제로는 모두가 번아웃쯤은 극복하는 듯 보인다. 그래서 번아웃이 오면 억지로 휴식을 즐기려고 해보지만 여의치 않다. 쉬어본 적 없는 사람은 '그냥' 쉰다는 개념을 실행하지 못한다. 술을 진탕 마시거나, 친구들과 최근 핫한 장소에 방문하는 패턴의 휴식은 많은 이들이 가정을 꾸리거나 집에서의 휴식을 원하는 나이가 되면 슬슬 어려워진다. 근심 걱정 없어 보이는 사람도 가서 말을 걸어보면 속으로는 이리저리 곪아있다.

십수 년 동안 일을 하다 보면 일이 자신의 정체성의 아주 중요한 일부임을 깨닫게 된다. 일이 줄어드는 걱정, 은퇴 걱정도 돈 문제만은 아니다. 일을 계기로 자연스럽게 경험하는 타인과의 관계 혹은 사회적인 인정도 일이 주는 재산이다. 즉, 일이 사라지면 나 자신을 뭐라고 소개해야 할지 아예 떠오르지 않게 된다. 이른바 일의 연장으로서의 인간관계가 여가활동에도 전부 연결되어 있다면 이 문제는 더 심각해진다. 업계를 떠난 뒤에도 업계 지인들을 만날 수 있는 관계인가? 그렇지 않다면 일을 그만두고 남는 사람은 누구이며, 나는 시간을 어떻게 보내게 될 것인가?

여가를 생산성의 관점에서 조직하면, 번아웃이 온 뒤에 어떤 일을 해도 도무지 회복되는 기미가 보이지 않는 현상도 발생한다. 말이 여가지 실제로는 계속 무언가를 만들기 위해 노력하는 중이기 때문에 그렇다. '이 경험을 어떻게 활용할지 생각하지 말자'라고 생각하지 않으면 생각을 끊어야 한다는 인식도 하지 못한 채 시간이 흐른다. 그러고는 멍하니 깨닫는 것이다.

나는 쉴 줄 모르는구나.

타인과의 교류는 네트워킹, 주말 외출은 아이디어 수집, SNS 업로드는 브랜딩. 이런 패턴으로 지내면 목적 없이 쉬는 일 자체를 아예 잊게 된다. 그리고 일을 한지 10년을 훌쩍 넘기고 나면 각 분야의 성장세는 둔화되고, 새로운 시도를 할 여유가 없어지는 일도 생긴다. 단순히 생각하자. 마라톤을 하려면 100m 달리기를 하듯 뛰어서는 안 된다. 능률을 따지지 않는 시간을 착실히 확보해보자. 다른 사람들에게 알리지 않고도, 대단한 방식으로 꾸며 말하지 않아도 자족적인 시간을 만드는 법을 익혀보자.

⊕ 육체적 피로는 돋보기처럼 모든 문제를 확대해 보여주는 경향이 있다. 그래서 착실히 쉬어주어야 한다. 그런데 쉬라고 하면 "어떻게 쉬어야 하는지 모르겠어"라는 사람들이 의외로 많다. 쉰다는 건 '하는' 행동이 아니라 '하지 않는' 행동이다. 뭘 해야 하는 걸 왜 휴식이라 부르겠는가. 근면한 현대인들이여, 인스타그램에 올릴 사진이 없는 하루야말로 휴식한 하루입니다.

하루 뒤의 나와
1년 뒤의 나와 10년 뒤의 나

내가 늘 노력하는 목표에 대해 이야기해보려고 한다.

우리는 급한 일에 쫓기느라 중요한 일을 등한시한다. 나 하나만의 문제는 아니리라 믿는다. 한밤중 어둠 속에서 스마트폰을 보느라 시력을 망치고, 급한 마음에 식사를 대충 짜고 단 음식으로 때우다 평생 약을 먹어야 하는 신세가 되고, 급한 회사 일에 몰려 하루하루를 보내다 가족과 사이가 멀어진다. 그러다 어느 날 문득 정신을 차린다. 자기 힘으로 정신 차리는 사례는 본적이 많지 않고, 대체로 외부적인 충격 때문이다. 가장 크게는 실직, 사고, 건강 악화 등의 문제가 발생한다. 우리를 급하게 잡아채던 것들이 의미를 잃고, 우리는 갑자기 혼자 남겨진다. 이게 바로 고통이다. 고통은 인간을 혼자가 되게 만든다. 어떤 고통도 타인과 나눌 수 없다. 나누고자 노력할 수 있고, 타인 역시 이해하고자 노력할 수 있지만, 우리는 모두 고통 속에서 오직 혼자일 뿐이다. 그리고 그 순간이 되어서야, 이전의 나이든 자들이 반복했던 어떤 조언들을 이해하게 된다. 뻔하다고 생각했던 말들이 의미를 갖는다. 그리고 갑자기 새로운 인생을 살기로 맹세한다. 인생의 절반쯤에서 건강상의 큰 문제를 겪은 사람들은 갑자기 이기적이 되거나 갑자기 이타적이 되곤 한다.

신경 쓰지 않으면 알람 소리에만 반응하며 살게 된다. 급한 일에만 응답하며 소중한 시간을 다 보내게 된다. 1년 뒤, 10년 뒤를 바라보고, 그때의 나를 위한 결정들에 헌신하는 시간을 갖기 위해 시간과 돈을 써보면 어떨까. 가까운 사람들, 사랑하는 사람들은 이때 최우선이 된다.

신경 쓰지 않으면
알람 소리에만
반응하며 살게 된다.
1년 뒤, 10년 뒤를 바라보고,
그때의 나를 위한
시간을 써보면 어떨까.

5

커리어의 다음을
준비하는 법

일이 나를 찾아오게 하자

커리어가 얼마나 이어질지, 얼마나 길게 지금의 형태로 이어질지를 처음부터 예측하고 정밀한 계획을 세우기란 불가능하다. 아니, 계획을 세울 수는 있지만 그대로 되지 않는다. 우리가 할 수 있는 것은 일단 시작한 일에서 능숙해지기, 그 다음으로 능숙해진 일을 다양한 방식으로 재해석하는 일을 시작하기다. 나의 업무 역량을 높이면서 업계 평판을 쌓는 일이라고 말할 수 있다.

하는 일의 성격이 무엇이냐에 따라 회사 업무의 연장 혹은 확장이 가능할 수도 그렇지 않을 수도 있겠다. 이 글에서는 확장이 가능한 경우를 중심으로 이야기한다.

일을 구하러 다니는 방식이 아니라 일이 당신에게 오게 하자.

현업이 확장되는 방식으로 새로운 일을 하게 될 때, 구인 구직 공고를 보고 지원하는 경우도 없지는 않다. (아르바이트, 혹은 프리랜서 공고를 찾아본다는 뜻이다.) 하지만 현업이 있는 상태에서 전업 아르바이트 혹은 프리랜서처럼 일하기는 거의 불가능하다. 대신, 연차가 쌓이면서 얻는 이점을 활용할 수는 있다. 연차가 쌓여서 영역 확장이 자연스럽게 일어난다는 뜻이 아니라, 연차를 쌓는 동안 당신이 근무하는 회사에서 퇴사자들이 나올 것이다. 계열사로 자리를 옮기는 사람도 생긴다. 인맥을 멀리까지 나가 쌓지 않아도 당신의 동료들이 '전' 동료가 되면서 자연스럽게 '업계 인맥'이 된다는 뜻이다. 그들이 당신의 일 처리 능력을 신뢰한다면 그들은 '빠른 손'이 필요한, '일머리'가 필요한 순간에 당신에게 연락한다.

나의 경우, 지금처럼 여러 일을 하기 시작한 특별한 계기가 있었다고는 생각하지 않는다. 드라마틱한 터닝 포인트가 있었다기보다는, 한번 시작한 일의 인연이 끊어지지 않게 노력한 게 가장 크다고 생각한다. 한번 같이 일한 사람이 다시 연락하게 하자. 이게 전부였다. 한

번 원고를 기고한 매체에서 다음 연락이 오게 하자. 한 번 게스트로 출연한 라디오 프로그램에서 고정 코너를 맡게 하자. 칼럼을 연재하기 시작했다면 다음 개편에서 살아남자.

나는 언제나 꾸준히, 오랫동안 일하기가 목표였다. 내가 계획을 세워 이뤄낼 수 있다는 보장이 있다면, 30년 뒤에도 일할 수 있으면 좋겠다. 그러려면 숨 가쁘게 뛰는 대신, 매일의 일을 매일 하면 된다. 당신이 세울 수 있는 전략은 다른 사람도 세울 수 있다. 당신이 하는 셈이 다른 사람 눈에 안 보일 리도 없다. 하지만 꾸준함이 전략이자 셈이라면, 그것은 그냥 그 사람이 일하는 태도가 된다. 앞으로 계속 이 업계에서 생존할 사람을 허투루 대할 사람은 없다.

'이 일만큼은 꼭 하게 된다!'는 제안법

회사 안팎에서 협업 제안을 받을 때가 많다. 어떤 일은 거절하고, 어떤 일은 수락한다.

그 기준을 돈으로 삼으면 명쾌하다고 생각하는 사람도 있으리라 생각한다. '거절할 수 없는' 액수의 돈이라면 당신은 무슨 일까지 할 수 있을까? 밸런스 게임에서 흔히 묻듯, 1년 감옥에서 살기라도 할 수 있을까. 당신은 '그렇다'라고 대답할지도 모르겠다.

내가 일을 할지 하지 않을지를 결정하는 방법은 여러 가지가 있다.

첫 번째는 노동의 대가가 제대로 주어질 경우. 액수는 일의 성격에 따라 달라진다. 그렇게 충격적으로 큰 액수를 받은 적은 없으니, 돈 때문에 영혼을 팔고 싶은 기분으로 달려가 일해본 기억은 없다.

두 번째는 내가 추구하는 가치에 부합하는 경우. 해마다 중고등학교 강연을 가능하면 몇 번은 하려고 노력한다. 중고등학교 강연은 회사원으로서는 연차를 써야 가능하다. 학생들이 수업 중 일정 시간을 쪼개 강연을 듣기 때문에, 퇴근 이후 시간에 할 수가 없어서다. 집에서 먼 거리까지 이동해야 하는 일도 많다. 강연비 또한 적다. 그럼에도 글쓰기와 말하기가 왜 중요하고 어떻게 익혀야 할지에 대해서 학생들에게 직접 말할 기회를 갖는 일은 내게 중요하다. 자주 할 수 없기 때문에 더욱 그렇다.

세 번째이자 가장 중요한 이유는, 내가 그 일을 해야하는 이유가 분명할 때다. 최소한, 협업 제안을 하는 사람이 나를 '어떻게 쓰고자 하는지'에 대해서 분명한 이유가 있으면 좋다. 가끔은 내가 무슨 일을 하는지도 잘모르는 사람이 건너 건너 '괜찮더라'는 말을 듣고 막연한 내용으로 연락할 때가 있다. 이런 일이 대표적으로 꼭 내가 하지 않아도 되는 일이다. 제안받은 내용을 요약하면 "누구신지는 잘 모르지만 잘 하신다니 그냥 알아서 해주세요~~"일 때, 굳이 내가 하지 않아도 되는 일이라고 판단한다. 나에게 왜 연락을 했는지, 내가 어떤 일을 하기를 기대하는지에 대해 선명하게 설명하는 담당자의 연락이라면, 나 역시 한 번은 더 고민하게 된다. 그리고 대체로 수락한다.

마지막으로, 가장 경력이 쌓이면서 중요하게 생각하는 일은 '안 해본 일' 제안은 수락한다는 원칙이다. 경력이 쌓이면 내가 무슨 일을 하면 좋을지 다른 사람들이 먼저 안다. 내가 일을 잘하면 기본이고, 성과가 나지 않으면 그들이 더 크게 실망한다. 내 패턴이 보이는 일이라면, 예측 가능하다는 이유로 다음 기회가 없어지기도 한다. 하지만 안 해본 일을 할 때는 다르다. 제안하는 사람도, 일에 착수하는 나 자신도 안 가본 길이기 때문에 성공 가능성을 낮춰 잡고 대신 과정의 단단함과 즐거움을 중요시한다. 이런 일은 가능하면 놓치지 않으려 한다. 내게서 새로운 가능성을 발견해주는 사람에 감사한다.

일을 구하러 다니는 게 아니라
일이 당신에게 오게 하자.

꾸준함이 전략이자 셈이라면,
그것은 그 사람이 일하는 태도가 된다.
앞으로 계속 이 업계에서 생존할 사람을
허투루 대할 사람은 없다.

노련한 사람의 새 조직 적응의 문제
경력자의 이직과 네트워킹 1

10년 차 이상의 경력자가 이직할 때 '아는 사람'의 중요성은 아무리 강조해도 지나치지 않다. 그 사람이 일을 소개해준다는 뜻이 아님을 먼저 언급하고 이야기를 시작하겠다.

다른 말로 하면 10년 차가 되기 전이라면, 당신의 몸값은 대체로 옮길수록 뛰기 마련이다. 욱해서, 혹은 이유 없이 회사를 그만두고 잠깐 여행을 다녀온 뒤 새로 일을 구하기도 쉽다. 아는 사람이 없이도 구직은 어렵지 않다. 2년 차부터 7년 차까지의 경력자는 그중 특히 귀한 대접을 받는다. 일머리가 증명된 인력이라고 보는 것이다. 실제로 일해보면 꼭 그렇지 않다는 당연한 진리를 알게 되지만. 업계 안팎에서 갖은 이직 제안을 받다 보면 경력이 쌓일수록 좋은 일이 생긴다고 생각하기도 쉽다.

15년 차 이상, 20년 차 이상의 이직으로 가면 얘기는 완전히 달라진다. 늙은 개에게는 새로운 기술을 가르칠 수 없다(You can't teach an old dog new tricks.)는 말이 있다. 본인이 어떻게 느끼든, 중년의 나이에 접어든 사람이 새 조직에 적응하고, 새 트렌드를 알고, 누구보다 활기차게 일하리라는 기대를 하는 사람은 많지 않다. 당신이 3년 차일 때 본 15년 차 이상의 사람들을 떠올려보라. 존경스러운 사람도 있었겠지만, 하던 대로 나태하게 일한다는 인상을 받은 사람도 적지 않을 것이다. 고령화 사회를 맞아서 정년을 연장한다든가 하는 움직임도 있지만, 어떤 업계는 정년보다 빠르게 사양산업이 되기도 한다. 어느 날 갑자기 당신은 취업준비생이 되어 이력서를 쓰게 될 수 있다.

결국 누군가는 당신의 (적응)가능성을 신뢰하고 일을 맡겨야 한다. 중년 이상의 직장인 태반은 연봉이 높은 데다 버티는 법에 대해서라면 이골이 날 정도라서 한번 잘못 채용하면 온 팀이 그 부담을 떠안기도 하기 때문에, 함께 일할 수 있는 사람인가에 대한 고려가 더 세심하게 이루어진다. 함께 일했던 사람들에게 평판을 조사하는 '레퍼런스 체크'도 더 정교하고 복잡할 수밖에 없다. 당신은 오래 일하면서 성과만큼이나 실수도 많이 했을 것이다. 많은 이들과 순탄하게 일해온 만큼 적이 된 사람도 많을 것이다. 그들 모두가 당신에 대해서 기꺼이 말하기 시작한다.

적응 문제는 당신에게도 중요하다. 당신이라고 해서 적응 못 할 조직에 무조건 가서 눈칫밥을 먹고 싶을 리가 없다. 그렇다면 이직을 하려는 회사 혹은 업계에서 이미 일하는 사람이 있다면 많은 도움을 받는다. 이것이 네트워킹의 힘이다. 그가 일자리를 소개해줄 필요는 없다. 그는 당신의 경력과 재능, 성격이 해당 업계에서 일하는 데 도움이 될지를 말해줄 수 있다. 채용공고에서 알 수 없는 그 회사의 사정을 말해줄 수도 있다.

예를 들어 중년 경력자 이직에서 가능한 악몽 중에 이런 것이 있다. 팀원들의 집단 퇴사 이후 새로 급조된 팀의 팀장으로 들어가기, 혹은 팀원들이 팀장을 내쫓은 뒤의 후임 팀장으로 부임하기다. 그 조직에 대해 아는 사람이 있다면 어떤 일이 왜 있었는지를 파악할 수 있는데, 전혀 모르는 상태에서 '이상한 분위기'를 포착하고 누군가가 알려줄 때까지 눈치 없는 사람처럼 지내야 한다.

당신이 지닌 인적 네트워크는, 최악을 피하게 도와주거나, 최악인 걸 알고도 그 길로 가야 한다면 최악에 대비하게 해준다.

한국은 나이에 대한 편견이 능력주의를 뛰어넘어서 심각한 곳이라고 느낄 때가 많다. 그러므로 함께 일한 사람들이 꾸준히 일하고 있다면, 그들을 통해서 이직과 전업에 대한 여러 아이디어를 얻을 가능성이 더 커진다. 사람들은 당신이 생각해본 적도 없는 일로 뜻밖에 많은 돈을 벌고 있을 때가 있다. 그런 말로 유혹을 하는 사람이 사기를 치는 게 아닌지를 알아보려고 해도 당신에게는 물어볼 누군가가 필요하다. 은퇴 이후에도 우리는 인간관계 속에 있어야 하고, 그때는 현역에 있는 가까웠던 이들보다 데면데면했지만 비슷한 시기에 비슷한 처지로 은퇴한 이들이 더 잘 맞을 수도 있다.

나는 사교적인 성격이 아니고 낯도 많이 가린다. 그렇기 때문에 더더욱 인간관계를 중요하게 여긴다. 좋아해서, 능숙해서 인간관계의 중요성을 강조하는 게 아니란 말이다.

당신은 누구와 함께 언급되는가
경력자의 이직과 네트워킹 2

주니어의 인맥이란 그의 기획력과 연관 지어 이야기될 때가 많다. 새로운 기획에 적합한 사람의 풀을 기획안에 적을 수 있는가의 여부 말이다. 그 사람들과 꼭 아는 사이가 아니어도 괜찮다. 당신이 가진 정보의 다양성과 크기가 중요하다.

시니어의 인맥은 다르다. 당신은 이제 '어떤 사람들을 움직일 수 있는가'로 이야기된다. 당신은 누구와 함께 언급되는가? 당신이 꾸릴 팀에 어떤 사람들을 부를 수 있는가(그들은 당신을 신뢰하고 함께 일하고자 하는가)? 이것은 꼭 이직에 해당하는 말은 아니다. 프리랜서라 해도 그렇다. 혼자 하는 단위의 일을 하게 될 때도 있지만 당신이 프로젝트 하나를 맡게 될 가능성도 많기 때문이다. 일의 단위가 커진다. 당신에게 기대되는 역할도 당신 하나만 필요한 일이 아닐 때가 많아진다.

마음 편하게 어울리기 좋은 사람들을 찾는 노력과 역량이 뛰어난 사람들과 교류하는 노력 모두 중요하지만, 가장 추천하고 싶은 방식은 서로가 더 적합한 일을 할 수 있도록 독려하는 것이다. 결국 우리 모두 다 잘되게 되어있다고 믿자. 주고받을 것을 하나씩 기억하고 있다간 마음속에 서운함만 쌓이기 쉽다. 당신이 타인의 마음에 원망을 적립하고 있을지도 모른다. 결론이 어떻게 날지는 알 수 없지만, 이런 시기야말로 과정에 최선을 다하는 태도가 중요하다. 신뢰는 얻기는 어렵지만 잃기는 쉬운 자산이고, 기회가 왔을 때 잡으려면 다져놓은 기반이 필요하다.

약한 연결고리를 폭넓게

약한 연결고리를 가진 사람들과 폭넓게 어울리기를 선택하는 일은 언제나 옳다. 당신이 원하는 '상자 밖에서 생각하는' 넓은 시야를 적극적으로 보태는 사람들은 그런 약한 유대로 연결된 사람들일 때가 많다. 그들은 당신의 경쟁자가 아니기 때문에 더 긍정적이고 진취적인 생각을 보탠다. 이것은 인간관계를 맺는 일이 익숙한 사람보다는 익숙하지 않은 사람을 위한 조언이다. 당신을 중심으로 여러 사람들이 서로의 존재를 알고, 일할 때 서로를 떠올릴 수 있다면 그것으로 족하다. 일을 만들어내는 사람이 된다면 좋겠지만 그렇지 않다 해도 늘 새로운 일이 진행되는 근처에 존재할 수 있으니까.

어느 정도가 적당한지를 가늠하기는 늘 어렵다. 일을 하다 보면 자기를 중심에 두고 일을 만들고 엎는 사람들에게 이용당한다는 느낌을 받을 때도 있다. 나는 그냥 최선을 다했으나 상황이 여의치 않았을 뿐인데 남을 이용만 했다는 오해를 받을 수도 있다. 당신이 실제로 남을 이용하고 양심의 가책을 못 느끼는데 눈치도 없는 사람일 가능성도 있다. 일을 하다 보면 오해하고 오해받는 일을 피할 수 없으나, 최소한 오해가 굳어지지 않게 할 수는 있다. 느슨한 연결고리로 인간관계를 유지하는 것은 좋은 방법이다.

한번은 내가 다른 사람을 오해한 적이 있다. 그때의 나는 여러 이유로 다소 예민한 상황이었고, 일로 한번 엮였던 적이 있는 분이 일 처리를 잘못 했다고 믿고 있었다. 시간이 지나서 다시 생각하니 나의 과민함이 오해를 낳았고, 그 문제를 해결하기 위해 그분을 포함해 여럿이 어울릴 수 있는 기회가 왔을 때 먼저 적극적으로 자리를 주선했다. 노력하는 거지, 뭐.

약한 연결고리는 문자 그대로의 뜻이라서 대단할 필요가 없다. 네트워킹을 할 때 대체로 당신보다 좋은 회사에서 일하거나 당신보다 인지도가 높은 사람을 '골라서' 친해지려는 사람들이 있다. '자기 PR과 네트워킹에 미친 사람'이라는 비판을 받는 사람의 대표적인 유형이 바로 이런 이들이다. 이런 사람과 어울리게 되면 누구나 피로를 느낀다. '나는 자랑할 만한 인간관계가 아니라는 건가?'라고 피곤해하는 사람과 '왜 나를 팔아서 자기 인지도를 높이려고 하지?'라고 화내는 사람이 동시에 존재한다.

사람들이 네트워킹에 부정적이 되는 가장 대표적인 이유는 무엇일까? '내가 이용당한다'는 감각이다. 유명한 사람, 많은 사람에 노출되는 사람일수록 이런 '이용당한다'는 감각에 엄청나게 예민하다. 필요한 것만 취하고 나 몰라라 하는 인간관계에 장기 노출되면서 인간에 대한 믿음을 잃지 않는다면 그는 성인으로 불려야 마땅할지도 모른다.

내가 생각하는 인간관계의 대원칙은 딱 하나다. 다른 사람을 존중하자. 누구든 바보 취급하는 일을 그만둬라. 당신이 보기에는 상대가 뻔하고, 들여다보이고, 예측 가능하며, 단순할 수 있겠다. 당신이 그렇게 생각한다는 걸 상대가 몰라서 장단을 맞추는 것은 아니다. 일일이 바로잡기 귀찮거나 성가셔서, 상대도 당신을 멍청하다고 생각하므로, 당신이 지금은 갑의 위치에 있기 때문에, 어차피 중요한 때 응하지 않을 거라면 심심한 동안 어울리는 것이 나쁘지는 않기 때문에 등등의 이유로 자신을 우습게 취급하는 사람과 무언가를 도모하거나 함께하는 것일 수 있다.

상대를 멍청하다고 생각하면서 나만 이득을 얻으리라는 생각에 무슨 좋은 점이 있을까. 설령 상대의 욕망과 야심이 적나라하다 하더라도, 그건 그 사람의 특징일 뿐이며 우습게 보거나 말거나 할 일이 아니다.

상대가 무시당했다고 느끼게 만드는 행동에는 여러 유형이 있다. 그중 하나는 당신이 필요할 때만 연락하고, 상대의 연락은 시시때때로 적당히 무시하는 것도 포함된다. 나는 이런 사람들과는 관계를 유지하지 않는 편이다. 아무리 작은 일이라 해도 부탁을 들어주는 것은 호의의 표현이다. 작은 일 모두 늘 은혜를 갚으며 살라는 게 아니다. 당신이 필요할 때만 연락하는 패턴은 신뢰를 깎아먹는다는 사실만은 알아두면 좋겠다.

하지만 '부탁하기'는 관계를 시작하는 좋은 방법이기도 하다. 나는 '신세를 지운다'라고도 말을 하는데, 적당히 부탁하고 부탁을 들어주는 일은 고마움을 표현할 '다음'을 기약한다는 점에서 관계의 시작점으로 좋은 일이 된다. 즉, 부탁하는 일 자체가 나쁜 게 아니라, 일방적으로 부탁만 하거나 원하는 걸 얻은 뒤 일방적으로 관계를 끊는 게 문제다.

마지막으로, 내가 아는 국가대표급 네트워킹 선수들이 공통적으로 가진 취미가 있다. 링크드인을 포함한, 자기 업계 사람들의 동향을 알 수 있는 각종 사이트, 앱, SNS 보기를 생활화하는 것이다. 구인구직 동향을 취미 삼아 매일 들여다보고, 누가 어떤 자리로 옮겼는지 업데이트한다. 이걸 일로 하려고 들면 어떤 사람은 자신보다 잘나가는 사람 때문에 스트레스를 받기도 하는데, 애초에 네트워킹을 잘하는 사람들은 자신의 능력에 대한 신뢰가 크기 때문인지 큰 스트레스 없이 업계 동향을 꿰고 있다. 국내에서든 해외에서든 낯선 사람을 만나도 아는 사람 이름 두 개 정도로 바로 연결고리를 맺는 사람들만큼 생존력 강한 사람이 또 있을까. 잘하고 싶은 분야의 현황을 잘 들여다보고 변화를 업데이트하는 것은 취미 삼기에 꽤 괜찮은 일이다.

당신이 지닌 인적 네트워크는,
최악을 피하게 도와주거나,
최악인 걸 알고도 그 길로 가야 한다면
최악에 대비하게 해준다.

당신에게는 라이벌이 있는가

넷플릭스의 경쟁 상대는 수면 시간이라고 한다. 당신의 라이벌은 누구인가?

비슷한 시리즈로는 '나의 경쟁 상대는 나 자신'이라거나, '시간이 나의 경쟁 상대'라는 말도 있다. 다 맞는 말이다. 하지만 흔히 말하는, '라이벌'이 당신에게는 있는가?

경쟁 상대는 스트레스의 원인이라고 흔히 생각하는데, 경쟁 상대가 있고 그 수가 많다면, 당신이 일하는 업계는 시장의 규모가 크다는 뜻이다. 그러니 프리랜서라면 '함께 언급'되는 사람들이 여럿 있는 편이 오히려 안정적일 수 있다.

세상에는 나보다 뛰어난 사람이 많다.

나와 다른 방식으로 뛰어난 사람은 어떨까? 나를 제외한 모두가 그렇다.

나보다 나이 든 사람은 어느 날 갑자기 영향력 있는 자리에 앉고, 나보다 젊은 사람은 어느 날 나보다 뛰어난 일잘러가 된다. 지금 당신과 경쟁 관계에 있는 사람에게 신경을 곤두세우지 않아도, 당신이 그 일을 하는 데 영향을 미치는 사람은 수없이 많다.

라이벌과는 조금 다른 의미로, 주는 것 없이 미운 사람도 있다. 그가 거절한 일을 당신이 받을 때도 있고, 당신이 거절한 일을 그가 받을 때도 있다. 이런 때, 먼저 거절하는 사람이 되는 데 집착하는 경우를 종종 본다. 당신이 먼저 거절한다고 그보다 대단히 나은 사람이라는 증명이 되지 않으며, 그가 별거 없는 일에 엮여 고생할 일이 훤한들 뒷말을 할 필요도 없다. 그냥 그 사람은 그 사람의 일을 하면 된다. 당신은 당신의 일을 하고. 서로를 공격해봤자 구경꾼들만 신난다. 이런 상담을 받을 때 날 세우지 말라고, 뒷말하지 말라고, 먼저 싸움 걸지 말라고 할 때마다 내가 꼰대가 되었다고 느낀다. 그런데 정말, 연차가 높아지고 나이 들수록 경쟁자의 형태로라도 사람들이 현역으로 남아있다는 데서 뜻밖의 위로를 받는 날이 온다. 혼자만 잘 살면 무슨 재미냐 말이다.

혼자 일하는 사람의 동료

혼자 일하는 프리랜서에게 동료라고 부를 사람은 존재하지 않는다고들 생각한다. 같은 업계 사람들, 정확히 같은 포지션에서 일을 따는 사람들은 경쟁자일 뿐으로 일에 대한 고민을 나누고 인맥을 함께 넓혀가기에 적합하지 않다고 생각하는 것이다.

그것은 오해입니다! 그들은 경쟁자가 아니라 당신의 동료가 될 수 있어요! 이렇게 단호하게 말하고 싶다. 실제로 경쟁자처럼 보이는 이들과 든든한 동료가 되는 일이 없지는 않다. 나 역시 같은 일을 하는 회사 안팎의 사람들 중 누구보다도 믿음직한 이들이 있다. 하지만 늘 그렇지는 않다. 경쟁구도를 벗어나 교류하며 판을 만들어보려고 했던 사람들 중 그들에게 이용당했다는 느낌만 받고 관계가 끝난 일을 여러 번 보았다.

당신 주변의 사람이 어떤 이들일지, 당신이 어떤 사람일지 나는 모른다. 하지만 한 가지 확실하게 말할 수 있는 점은 '같은 일을 하는 사람'이 동료라는 생각을 할 필요는 없다. 당신의 일에 관심을 가지고 있는 클라이언트나 다른 업무를 하는 타 부서 사람도 동료의 범주에 들어간다. 당신의 일에 관심을 갖고 꾸준히 서로의 근황을 팔로업하는 사람들은 당신이 새로운 일을 시작할 때 더 흔쾌히 응원하고, 때로 당신이 하는 일을 새로운 시야에서 볼 수 있게 해준다.

당신은 혼자가 아니다.

프로젝트 단위로 일하는 사람들에게

비정규직과 프리랜서를 실행 인력으로 3개월, 6개월, 길게는 2년 단위로 프로젝트를 운용하는 경우가 늘고 있다. 팀 단위로 일을 하게 되지만, 회사 내 정규직으로 구성된 팀처럼 서로의 일에 간섭하고 적극적으로 피드백하는 경향성을 찾아보기 어렵다는 것이 이런 프로젝트의 특성이다. 그만큼 자유롭지만 자신의 퍼포먼스에 대한 정성평가를 기대하기 어렵다. 왜냐하면, 프로젝트 단위로 일하는 사람들의 부실한 역량은 다음 일을 배분하지 않는 식으로 결론이 나기 때문이다. 함께 일을 하는 사람들도 프로젝트마다 달라진다.

일을 하는 입장에서도 이런 경험이 쌓이면, 일정 정도 이상의 노력을 기울이지 않는 쪽으로 응하게 되기도 한다. 7할의 최선을 다하는 방식인데, 이게 꼭 나쁘다고

만 할 수도 없다. 기대되는 것보다 좋은 결과를 내면 그다음에도 그런 정도의 결과를 기대받지만 받는 처우가 극적으로 개선되는 일은 없어서다. 아주 운이 좋다면 보너스가 주어지지만, 기껏해야 식사 한 번으로 그치는 일도 많다. 하지만 7할의 최선이라 해도, 일이 진행되는 동안은 계속 스탠바이 상태를 유지해야 하고, 더 큰 문제는 예정된 일정을 넘겨서까지 추가 비용 없이 진행된다는 데 있다. 프리랜서라면 한 번에 대여섯 개의 프로젝트에 동시에 응하는 일도 드물지 않다. 회사원도 한 가지 일만 하지는 않지만, 최소한 소속한 팀 사람들과 함께 대응한다. 프리랜서는 건마다 다른 팀에 대응해야 한다. 이번 일이 순탄하게 진행되었음에도, 담당자가 바뀌면서 더 이상 일이 주어지지 않는 일도 비일비재하다.

일하는 입장에서 가장 아쉬운 점은 이것이다. 이번 프로젝트에서 성장한 바를 다음 프로젝트에 적용시키고 그런 성장을 인정받을 수 없다. 어디에서 왔고, 어디로 가게 될지를 상의할 사람이 없다. 의논을 해도 피상적인 조언을 들을 때가 많다.

내가 할 수 있는 조언은 단순하면서 어렵다.

첫 번째. 정보와 정서를 나눌 수 있는 사람들을 만들어라. 수가 많지 않아도 괜찮다. 가능하면 비슷한 방식으로 일하는 사람들과 연결되기 위해 노력하라. 비슷한 방식으로 일한다는 말은 두 가지 의미다. 같은 업계거나 같은 고용 형태거나. 같은 업계 사람들과의 친분을 쌓는데 더 열린 태도로 우호적인 사람들이 많은 업계도 있다. 그 업계에 속한 사람이 많을수록 열린 태도를 가진 사람을 찾기도 쉽다. 하지만 업계가 좁을수록(한국의 모든 업계 종사자는 '이 바닥은 좁다'라는 말을 듣지만, 그런 주관적 면적 말고 실제 종사자 수로 알 수 있는 면적이 있는 법이다) 업계 밖에서 사람들과 어울리는 편이 좋다.

전화 한 통 하면 만날 수 있는 거리의 친구들을 확보하는 일도 중요하다. 사회생활을 하고 10년쯤 지나면 학교에 다니며 자주 어울린 친구들과 지리적, 시간적으로 멀어지는 일이 비일비재다. 친구나 당신이 회사 근처로 이사하거나 결혼하거나 일이 바빠지거나 아예 다른 도시나 국가로 이주해버린다. 그들과 여전히 온라인에서 가깝게 지낼 수 있지만, 만나서 얼굴을 보고 밥을 먹으면서 아무 말이나 주고받을 수 있는 사람들을 찾는 노력을 멈추지 않아야 한다. 일로 알고 지낸 사람들과 전략적으로 네트워킹을 겸한 사교 활동에 적극적인 사람들도 있다. 이렇게 어울리는 일이 즐겁다면 그 자체로 좋은 일이다. 하지만 일로 얽힌 사람들이 피곤하거나 어렵게 느껴진다면 굳이 억지로 노력하지 않아도 괜찮다. 친분으로 일을 얻는 사람들이 없지는 않지만, 친분으로 얻은 일은 친분과 함께 날아가기도 한다.

두 번째. 혼자 일하는 사람이라면 프로젝트가 끝난 뒤 리뷰를 하는 습관을 들이면 도움이 된다. 일에 응할 때 예상한 소요 시간과 페이, 페이 지급일(제때 지급되었는가?), 담당자 이름과 소속 부서, 가장 난항을 겪은 대목 정도면 충분하다. 문제가 반복되지 않게 한다는 정도의 생각이면 된다. 당신이 하는 일의 성격이 '수정 요구'가 유달리 많은 편이라면, 다음부터 수정 회차를 정해놓고 일을 받는다는 원칙을 만들 수도 있다. 리뷰에 너무 시간과 공을 들이면 금방 지친다. 다음 일을 받을지 판단 기준에 해당하는 다섯 가지 정도의 포인트만으로 정리하고, 다음 일로 넘어간다.

당신의 일에 관심을 갖고 있는 사람들은
당신이 새로운 일을 시작할 때
더 흔쾌히 응원하고,
때로 당신이 하는 일을
새로운 시야에서 볼 수 있게 해준다.
당신은 혼자가 아니다.

자기 PR 지옥

어느 날 문득 당신은 생각에 잠긴다.

당신은 당신과 비슷한 연차 혹은 경력을 가진 누군가를 떠올린다. 그는 (당신이 보기에) 일은 고만고만하게 하는데 자기를 알리는 데 적극적인 편이다. 구체적인 사례를 들라면 그의 인스타그램 피드를 보라고 하고 싶은 심정이다. 그는 언제나 누구와 어울렸다든가, 어떤 힙한 장소에 다녀왔다든가 하는 이야기를 해시태그를 잔뜩 달아서 올린다. 보조적인 일을 맡은 프로젝트에서도 본인이 주도한 것처럼 알리고, 회사 안에서(혹은 업계 내에서) 사람들이 모이는 자리만 있다 하면 언제나 빠지지 않는다. 그건 뭐 그럴 수 있다 치는데, 그래서인지 사람들이 그의 성취를 늘 높게 평가하는 경향이 있다는 사실이다. 그것도 그럴 수 있다 치자. 그런데 당신이 원하는 일을 번번이 가져가는 그 인간. 이제 당신은 화가 나서 솔직히 견딜 수가 없다. 나도 자기 PR을 해야 하나? 이제 심각한 고민이 시작된다. 당신은 갑자기 자기 홍보 글을 인스타그램에 올린다. 사람들이 잘 반응하지 않는다. 괜한 일을 했다 싶어진다. 잠깐 인스타그램을 쉬어본다. 그리고 또 불안해진 어느 날, 이것저것 피드를 올려본다. 무한 반복.

PR로 먹고산다고 해도 과언이 아닐 엔터테인먼트 업계에서 일하는 지인이 어느 날, 스트레스가 심해서 마케터 계정들을 전부 뮤트했다고 말한 적이 있다. 그제야 SNS가 '그냥' 심심풀이를 위한 공간처럼 느껴지더라는 것이다. 처음에는 좋아하는 걸 좋아한다고 말하거나, 오늘 뭐 먹었다고 아무 말을 하려고 만든 SNS가 어느 순간부터 일의 연장이 된다.

다들 자기가 할 수 있는 일을 할 수 있는 방식으로 할 뿐이다. 나와 관계가 먼 사람에 대해서라면 그렇게 생각하기가 쉽지만, 내가 뻔히 아는 동료나 주변인에 대해서라면 비딱한 마음이 들다 못해 머리가 이상해지는 기분까지 느끼는 사람들이 적지 않다. 그들의 폭주는 SNS

자기 홍보글(인 듯 아닌 듯한 자기 홍보글) 폭주로 이어진다. 심지어는, 타인의 성취를 그들의 영리하고 발 빠른 자기 PR 덕분으로 치부하는 일도 자주 보게 된다.

자기 PR을 잘 하는 것도 역량이다. 마음에 드는 결론은 아니겠지만, 실제로 그렇다. 하지만 어떤 식으로든 실체 있는 노력이나 수완이 없다면 PR만으로 순항하는 배는 없다. 내가 받는 서포트를 평가절하하고 남이 얻는 도움을 과대평가해서는 안 된다. 남의 떡이 더 커 보인다고 투덜거리고만 있어서는 안 된다. 성과가 좋은 사람의 자기 PR은 언제나 성과가 좋지 않은 사람의 자기 PR보다 노출도가 높은 법이다. 그게 온전히 자기 PR 때문이라고, 그게 실속 없는 잔재주라고 믿는 순간부터 당신은 스스로 불러온 스트레스에 발을 디디는 셈이다.

당신이 그렇듯, 다른 사람들도 각자의 방식으로 진정성을 갖고 일하고 있다. 누군가는 더 자기 PR에 능숙한 것이 사실이다. 하지만 누가 오래 자신의 것을 잘 다져가는가는 별개의 문제다. 순간의 PR만으로 깎아내릴 일이 아니다. 그래서 자기PR을 어떻게 해야 하는지 궁금하다면 '자기 PR의 도'를 읽어보시길. '어느 날 문득' 생각에 빠져들어 정신없이 억울함으로, 속상함으로 침잠하는 일은 금물이다.

자기 PR의 도

요는 이런 것이다. 나는 내가 잘났다고 말하고 싶다.

아니다. 잘난 것까지는 아니지만 일은 꽤 하는 편이고 그런 나를 알려야 할 필요가 있다.

개인 브랜딩의 세상에서, 놀라울 정도로 나대길 좋아하는 사람조차도 "나는 ××에 비하면 너무 소극적이야" 같은 한탄을 하는 모습을 볼 때가 자주 있다. SNS를 하는 사람이라면 언제나 타인의 공격적 개인 브랜딩에 노출된다는 느낌을 받아서 그렇다. 나도 스스로는 자기 PR에 더 노력해야 한다는 강박을 지니고 있는데, PR을 해야 할 때와 안 해도 될 때를 어느 정도 구분해서 대처하는 쪽이다.

필요할 때는 확실하게 자랑하자.

요즘에는 노션으로 이력서와 경력 기술서 관리를 하는 사람이 늘었다. 당장 이직 계획이 없어도 이력서와 자기소개서 혹은 경력 기술서를 한번 정리해보라. 혼자 보는 용도로도 정리해보면 좋다. 자랑할 부분을 확실하게 강조하자. 특히 취직이나 이직을 위해 이력서와 자기소개서를 작성한다면 당신을 자랑하기에 이보다 더 좋은 기회는 없다. 자랑할 만한 순간들을 언어화, 문서화하다 보면 내 경력의 어떤 부분은 가지치기를 하게 되고, 어떤 부분은 강조하게 된다. 그러면서 앞으로 어떤 방향으로 가야 할지에 대해서도 힌트를 얻을 수 있다.

자화자찬이 어렵다면 나 자신을 도와주고 싶은 친구라고 생각하자.

자기 칭찬의 기술을 아무리 들어도 쑥스러움을 이기기 어렵다면, 당신 자신을 '나'라고 생각하지 말고, 당신이 좋아하는, 실력은 있지만 홍보에 서툰 다른 사람이라고 생각해보라. 그에게는 어떤 장점이 있고, 그것을 어떻게 알리면 좋을지, 남을 돕는다고 생각하고 궁리해보자. 그렇게까지 좋아하는 사람이 없어서 이런 관점의 전환도 도움이 안 된다면, 지금부터라도 다른 사람에게 관심을 갖고 타인의 장점을 찾아 칭찬하는 훈련을 해보는 것도 도움이 된다. 우리는 직업만 가지고 사는 게 아니라 관심과 애정으로도 산다.

내가 할 수 있는 만큼을 하자.

SNS에 자기 홍보 글을 올려야 할 때, 뭐라고 써야 할지 부담이 된 나머지 아예 글 올리기를 포기하는 경우를 많이 본다. (내 이야기다.) 능숙하게 쓰는 사람들도, 만나서 얘기해보면 다들 울면서 하고 있더라. 그냥 내가 할 수 있는 표현과 길이로 적으면 된다. 빼먹지만 말자. 자기가 한 일에 대한 홍보글은, 결과적으로 아카이빙이기도 하다. 나중에 자기가 언제 뭘 했는지 자기 SNS만 찾아봐도 알 수 있다. 그런 마음으로 차근차근 글을 올리자.

(이왕 자기 PR을 할 거라면) 우는 소리 하지 말자.

남들은 잘하는데 나는 이런 거 정말 못 하겠는데 그래도 다들 해야 한다고 해서 올리긴 하는데 정말 이런 거 너무 하기 싫고 다른 사람들은 어쩌면 저렇게 잘하는지 신기한 마음이고….

자기소개를 연습해라.

학생들 대상으로 글쓰기와 말하기 강연을 할 때 강조하는 부분 중 하나다. "안녕하세요, 저는 ×××입니다"로 시작하는, 즉 이름을 소개하면서 본인을 소개하는 문장을 웃거나 더듬거리지 않고 편안하고 자신감 있는 자세로 말할 수 있도록 반복해서 연습해라. (학생들 대상으로 면접 이야기를 할 때는 자기소개 문구를 연습시킨다.) 글로 써서 낭독하고, 입에 안 붙는 발음은 다른 발음으로 고쳐서 매끄럽게 입에서 흘러나오게 만든다. 그다음에는 암기해서 녹음하는데, 암기가 계속 안 되는 부분이 있으면 그 역시 기억하기 쉬운 방법으로 바꿔 녹음한다. 면접을 볼 때는 긴장해서 아예 기억이 나지 않을 수도 있으므로, 기억이 '흐름'을 탈 수 있도록 소개 문구를 짜보는 것도 방법이다. 다른 사람을 만나서 자기소개를 할 때, 이름 석 자만 말할 때도 많지만 이마저도 연습해본 사람이 덜 떨고 더 잘 전달할 수 있다. 나는 다른 언어를 사용하는 이들에게 어려운 발음이 있을 경우를 대비한 간단한 이름 설명 법도 가지고 있다. 처음 인사할 때는 굳이 길게 말할 필요는 없다.

⊕ 그래 다 알겠다, 하지만 너는… 눈치도 없냐?

이것은 자기 PR에 능숙한 사람을 위한 조언이다. 사람들은 자기 PR이 심한 사람을 사기꾼처럼 느끼는 일도 많다. 당신 옆에 겸손한 사람이 있다면 더욱 그렇다. 이런 때 겸손한 사람을 능력의 금수저 취급하면서 "이렇게 노력하며 PR하는 나"를 어필한다면, 주변 사람들의 말수는 점점 줄어들고 모두가 그 자리를 피곤해한다. 자기 PR은 한 번 했으면 그다음에는 다른 사람에게도 관심을 갖자. 계속 "저요! 저요!"를 하는 사람은 자기애가 강해 보이는 것 이상의 신뢰를 주지 못할 때가 많으니까.

다들 자기가 할 수 있는 일을
할 수 있는 방식으로 할 뿐이다.

모두 각자의 방식으로
진정성을 갖고 일하고 있다.

할까 말까 결정하는 법

어떤 일을 할지 말지를 결정할 때, 액수만 보고 정하면 하수다. 일을 받을 때 고려해야 하는 가치는 총 네 가지 정도로 말할 수 있다.

(1) 돈 (2) 네트워크 (3) 커리어 (4) 시간

돈은 언제나 당장 중요하지만, 네트워크와 커리어는 미래가치가 된다.

시간 역시 중요한 가치다. 많은 사람은 일을 마칠 단계가 되어서야, 이건 (받기로 한 100만 원이 아니라) 사실 300만 원을 받았어야 하는 일임을 알게 되는 일이 허다해진다. 뒤통수 맞는 프리랜서의 설움은 여기서 생긴다. 매일 바쁜데 돈 안 되는 일뿐이고 심지어 제때 입금이 안 되어서 독촉 전화를 해야 한다. 내용증명을 보낼 때는 피눈물이 난다.

일을 마칠 때마다 다음의 사항들을 중심으로 일과 클라이언트에 대해 간단히 정리해둔다. 처음에는 뭐가 뭔지 모르겠지만, 경력이 쌓일수록 선이 분명하게 보인다. 이런 따지는 과정을 어느 정도 하다 보면 처음 일 제안 메일을 받는 순간 견적이 나온다.

돈: 1. 믿을 만한 거래처인가(수금일을 지키는가). 2. 액수가 합리적으로 책정되었나. 3. 재료비나 준비비를 포함해 들어간 돈을 따지면 내가 실제로 이 일을 통해 번 돈은 얼마인가.

당신이 프리랜서라면 페이가 높지 않아도 '정기 수금'이 가능한 일을 한둘 정도는 하는 편이 좋다. 일정한 날짜에 일정한 액수가 입금되면, 액수가 설령 작다 하더라도 불안의 최저선은 가뿐하게 넘을 수 있다.

네트워크: 새로운 조직이나 업계에서 오는 일이라면 한번 해본다. 이 일로 알게 된 사람들이 다른 일로 연결될 가능성이 있을까? 역으로, 지금 하는 일을 주는 클라

이언트는 언제 어떻게 나에 대해 알게 되었는가를 한번 물어보자. 내 연락처가 어떤 사람들 사이에서 돌아다니는지를 알 수 있는 기회다. 내가 포지셔닝한 나 자신과 실제로 내가 받아들여지는 방식이 다를 수 있기 때문에 한 번쯤 점검하기를 권한다.

커리어: 1. 내 포트폴리오에 도움이 되는가. 2. (돈은 얼마 받지 못하지만) 내가 생각하는 가치에 부합하는 일인가.

'주는 돈이 적지만 나를 알리는 데는 분명 도움이 되는' 유형의 일은 수락 여부를 가장 심각하게 갈등하게 된다. 일을 시작한 지 얼마 되지 않았다면 응하는 쪽이 좋다. 자기 홍보도 열심히 하는 편이 좋다. 어느 정도 경력이 쌓였고 고정적으로 하게 되는 일의 양도 꽤 된다면, 그때는 1번보다 2번을 중요하게 보자. '가치에 부합한다'는 말이 모호하게 들릴지도 모르겠지만, 나의 경우 내가 일하는 업계 내부의 일일 때는 우선적으로 응한다. 영화제 기간 중에 하는 관객과의 대화는 비용과 무관하게 가능하면 하려고 노력한다. 고등학생 대상 강의 역시 비슷한 맥락에서 1년에 몇 번은 하려고 노력한다. 중노년 여성들을 대상으로 하는 강의도 그렇다. 이동 시간이 들어도 지역에서 하는 일에도 우선적으로 응한다. '가치'와 관련해 일을 받으려면 내가 중요하다고 생각하는 가치가 무엇인지 생각하는 시간을 가질 필요가 있다. 이런 일은 포트폴리오도 되고 자기 홍보도 된다. 그리고 무엇보다도, 자기 만족적이다.

시간: 이 일을 하는 데 들어간 시간은 전부 얼마나 되는가. 받는 돈에 비해 투입 시간이 너무 많지는 않았나. (적었다면 땡큐입니다.)

소요 시간은 경력이 쌓일수록 중요해진다. 일을 할수록 요령이 생기지만 집중력과 체력이 떨어지기 때문에, 어느 순간부터는 '예전의 나'가 아니라 '지금의 나'를 기준으로 필요한 시간을 측정하는 능력이 중요하다. 중요하니까 두 번 말한다. 지금의 당신은 숙련도가 높아졌을 수 있지만 집중력과 체력은 더 나빠졌을 수 있다. 함부로 '예전의 나'를 기준으로 일을 받아서는 안 된다. 다만 타지에서 하는 일을 여행과 곁들여 하기를 좋아한다면? 이런 경우는 소요 시간 특정에 너그러울 수도 있겠다.

경험이 많은 것이
오히려 나의 발목을 잡을 때

지나친 것은 부족함만 못하다는 말이 있다. 놀랍게도 경력 역시 그런 것 중 하나다. 사실 많아서 문제인 건 경력이라기보다는, 나이 쪽이라고 해야 맞을 것이다. 나이 때문에 걱정이라고 했더니 미국에서 일하는 친구가 "나이로 차별하면 그건 법에 어긋나는 거지"라고 딱 잘라 말했는데, 그건 맞는 말이지만 한국에서는 여전히 나이 때문에 애매해지는 나이가 온다. 50대 중반을 넘어선 사람들 중 다수가 그렇게 좋은 경력을 잔뜩 쌓고도 재취업을 포기하는 이야기를 들으면, 내 이야기는 아니라는 생각이 드는 게 아니라, 이게 내 미래인가 싶어지는 것이다.

〈매일신문〉에서 주최한 매일 시니어문학상 수상작

인 고 이순자 씨의 '실버 취준생 분투기(《예순 살, 나는 또 깨꽃이 되어》)'라는 글이 화제가 된 적이 있다. 글의 첫 문장은 "이 글은 내가 62세에서 65세까지 겪은 취업 분투기다"인데, 최근 몇 년간 그는 자신을 업그레이드하기 위해 자격증이 책장 한 면을 도배할 만큼 땄다고 한다. 그런데 취업 창구의 담당자가 "이력이나 경력이 화려하면 채용이 어렵다"라고 한 것. 그래서 자격증은 다 지우고, 경력도 지우고, 중졸 한 줄만 남겼다고 한다.

환갑의 나이까지 가지 않아도, "요즘 젊은이들의 유행"을 따로 어디서든 배워야 이해하는 나이부터는 경험과 나이가 본격적으로 짐처럼 느껴질 수도 있다. 경력이 쌓일수록 일하는 환경의 개인차는 커진다. 누군가는 크게 성공해 뉴스에 나오는데, 아예 소식을 들을 수조차 없는 사람도 있다. 이직이 비교적 쉬운 업계라 해도 그렇다.

얼마 전 50대가 된 지인 A씨가 큰 회사의 한 팀을 이끄는 역할로 이직했다. 성공한 프로젝트를 여러 번 진행했지만 한동안 건강상의 이유로 일을 쉬던 분이라, 나는 그 소식을 듣고 몹시 기뻤다. 시간이 지나 다른 지인 B는 그 회사의 새 프로젝트를 언급하면서 말하기를 "팀장 자리에 나이 많은 사람을 데려왔더라고. 요즘 세상에 어쩌려는 건지"라고 첨언했다. 그 말을 하는 본인은 1년이 지나면 50대가 된다. 그 조직에서 오래 일한 50대를 중요한 자리에 앉히는 인사발령은 그럴 수 있는 일이지만, 중요한 자리에 앉힐 사람을 새로 채용했는데 그 사람이 50대라면 찜찜하다고 느끼는가? 그 둘의 차이는 무엇인가? 실력만을 생각한다면 우리는 경력에 대해 이야기해야 한다. 그런데 경력과 나이를 묶어서, 나이만으로 판단하는 일이 적지 않다. 자기 자신이 나이 들기 전에는 알 수 없는 것들.

그렇게 이직도 전직도 어려워진다. 과거의 내가 믿어온 경력이 현재의 내 발목을 잡는다. 남이 뭐라 하기도 전에 스스로 부끄러움을 느낀다. 이런 걱정을 나 역시 시작한 지가 오래되었는데(20대 후반부터 했다), 역시 예전에 고민하던 방향과 지금 고민하는 방향은 꽤 달라졌다. 지금의 판단이 1년 후, 5년 후, 10년 후에 또 어떻게 달라질지 모르겠다.

다만 내가 지금 알고 있기로는, 경력이 많아진다는

것은 시야를 넓게 가질 수 있는 경험과 인맥을 갖는다는 말이다. 남에게 어떻게 보일지에 매달리는 일 말고, 지속 가능성과 아카이빙이라는 두 측면에서 지금까지 해온 일을 재정립해보면 어떨까 한다. 지속 가능성을 본다는 것은 때로 새로 우물을 파기 시작해야 한다는 뜻이다. 그리고 함께 삽을 들 사람이 있는지 찾아보자는 뜻이다. 쓸 만한 좋은 인맥을 잡으려고 노력하기보다, 나와 비슷한 환경에서 시작했거나 지금 비슷한 방향성을 갖고 일하는 사람들의 수없는 방법을 어떻게 공유할지 찾아보자.

준비만 하는 분들께 드리는 말씀

시작하는 일은 두렵다. 나는 어떤 일이든 시작하기 전에 결과를 알고 싶다는 마음에 시달린다. 잘될 거라면 전력을 다할 텐데, 하고. 지금쯤은 다들 알고 있으리라 믿지만, 아무리 원대한 계획도 철저한 계획도 성공을 담보하지는 않는다. 운이 좋다면 성공할 것이고 운이 따라도 실패할 수 있다. 하지만 너무나 많은 사람이 결과를 예측하고 움직이려고 한다. 그 핑계로 준비하고 연습하면서 시간을 쓴다.

'적성'을 알고자 하는 욕망도 결과를 예측하기 위한 시도다. 본인도 모르는 걸 남이 알 수는 없는데 계속 묻고 또 묻는다. (내 얘기다.) 50을 노력해서 100을 거둘 수 있는 분야가 있다면 굳이 100을 하려고 150을 쏟아부을 필요가 없지 않을까? 하지만 실제로 일을 해보기 전에는 재능이 있는지 아닌지 알 수 없다. 더 정확하게는 어느 정도의 숙련도를 갖추기 전에는 알 수 없다. 미리 상상하고 연습 기간, 준비 기간을 늘리는 일이 도움되지 않는다는 뜻이다.

실패도 경력이다. 맞는 길을 찾는 데 실패했다 하더라도, 틀린 길은 알 수 있다. 길이 아닌 줄 알았는데 해봤더니 뜻밖에도 계속 전진하는 일이 가능할 수도 있다. 사고실험은 책을 읽을 때, 혹은 실행이 불가능한 상황을 가정할 때 해야 한다. 할 수 있을 때 하지 않고 기다리는 일은 성공까지 가는 길을 지연시킨다. 당신이 정의하는 성공이 무엇이든 간에 말이다.

할 수 있을 때 하지 않고
기다리는 일은
성공까지 가는 길을
지연시킨다.
당신이 정의하는 성공이
무엇이든 간에 말이다.

퇴근길의
마음

초판 1쇄 인쇄 2022년 08월 19일
초판 1쇄 발행 2022년 09월 05일

지은이 이다혜
펴낸이 이경희

펴낸곳 빅피시
출판등록 2021년 4월 6일 제2021-000115호
주소 서울시 마포구 월드컵북로 402, KGIT 16층 1601-1호

ⓒ 이다혜, 2022
값 16,500원
ISBN 979-11-91825-47-3   03810